迟桂花

郁达夫 著

四川大学出版社
SICHUAN UNIVERSITY PRESS

图书在版编目（CIP）数据

迟桂花 / 郁达夫著. -- 成都：四川大学出版社，2024.6. -- ISBN 978-7-5690-6989-1

Ⅰ. I267

中国国家版本馆 CIP 数据核字第 2024J7P492 号

书　　名：	迟桂花
	Chiguihua
著　　者：	郁达夫

责任编辑：	王小碧
责任校对：	廖庆扬
装帧设计：	曾冯璇
责任印制：	王　炜

出版发行：	四川大学出版社有限责任公司
地　　址：	成都市一环路南一段 24 号（610065）
电　　话：	（028）85408311（发行部）、85400276（总编室）
电子邮箱：	scupress@vip.163.com
网　　址：	https://press.scu.edu.cn
印前制作：	人天兀鲁思（北京）文化传媒有限公司
印刷装订：	北京文昌阁彩色印刷有限责任公司

成品尺寸：	145mm×210mm
印　　张：	7.75
字　　数：	147 千字

版　　次：	2024 年 7 月 第 1 版
印　　次：	2024 年 7 月 第 1 次印刷
定　　价：	68.00 元

本社图书如有印装质量问题，请联系发行部调换

版权所有 ◆ 侵权必究

扫码获取数字资源

四川大学出版社
微信公众号

目 录

1
过　去

24
微雪的早晨

46
烟　影

59
秋　河

69
十三夜

89
东梓关

102
逃　走

112
蜃　楼

165
杨梅烧酒

176
在寒风里

200
迟桂花

过　去

空中起了凉风，树叶剎剎的同雹片似的飞掉下来，虽然是南方的一个小港市里，然而也很能够使人感到冬晚的悲哀的一天晚上，我和她，在临海的一间高楼上吃晚饭。

这一天的早晨，天气很好，中午的时候，只穿得住一件夹衫。但到了午后三四点钟，忽而由北面飞来了几片灰色的层云，把太阳遮住，接着就刮起风来了。

这时候，我为疗养呼吸器病的缘故，只在南方的各港市里流寓。十月中旬，由北方南下，十一月初到了C省城；恰巧遇着了C省的政变，东路在打仗，省城也不稳，所以就迁到H港去住了几天。后来又因为H港的生活费太昂贵，便又坐了汽船，一直的到了这M港市。

说起这M港，大约是大家所知道的，是中国人应许外国人来互市的最初的地方的一个，所以这港市的建筑，还带着些当时的时代性，很有一点中古的遗意。前面左右是碧油油的海湾，港市中，也有一座小山，三面滨海的通衢里，建筑着许多颜色很沉郁的洋房。商务已经不如从前的盛了，然而富室和赌场很多，所以处处有庭园，处处有别墅。沿港的街上，有两列很大的榕树排列在那里。在榕树下的长椅上休息着的，无论中国人外国人，都带有些舒服的态度。正因为商务不盛的原因，这些南欧的流人，寄寓在此地的，也没有那一种殖民地的商人的紧张横暴的样子。一种衰颓的美感，一种使人可以安居下去，于不知不觉的中间消沉下去的美感，在这港市的无论哪一角地方都感觉得出来。我到此港不久，心里头就暗暗地决定"以后不再迁徙了，以后就在此地住下去吧"。谁知住不上几天，却又偏偏遇见了她。

实在是出乎意想以外的奇遇，一天细雨蒙蒙的日暮，我从西面小山上的一家小旅馆内走下山来，想到市上去吃晚饭去。经过行人很少的那条P街的时候，临街的一间小洋房的栅门口，忽而从里面慢慢的走出了一个女人来。她身上穿着灰色的雨衣，上面张着洋伞，所以她的脸我看不见。大约是在栅门内，她已经看见了我了——因为这一天我并不带伞——所以我在她前头走了几步，她忽而问我：

"前面走的是不是李先生？李白时先生！"

我一听了她叫我的声音，仿佛是很熟，但记不起是哪一个了，同触了电气似的急忙回转头来一看，只看见了衬映在黑洋伞上的一张灰白的小脸。已经是夜色朦胧的时候了，我看不清她的颜面全部的组织；不过她的两只大眼睛，却闪烁得厉害，并且不知从何处来的，和一阵冷风似的一种电力，把我的精神摇动了一下。

"你……？"我半吞半吐地问她。

"大约认不清了吧！上海民德里的那一年新年，李先生可还记得？"

"噢！唉！你是老三么？你何以会到这里来的？这真奇怪！这真奇怪极了！"

说话的中间，我不知不觉的转过身来逼进了一步，并且伸出手来把她那只戴轻皮手套的左手握住了。

"你上什么地方去？几时来此地的？"她问。

"我打算到市上去吃晚饭去，来了好几天了，你呢？你上什么地方去？"

她经我一问，一时间回答不出来，只把嘴颚往前面一指，我想起了在上海的时候的她的那种怪脾气，所以就也不再追问，和她一路的向前边慢慢地走去。两人并肩默走了几分钟，她才幽幽的告诉我说：

"我是上一位朋友家去打牌去的,真想不到此地会和你相见。李先生,这两三年的分离,把你的容貌变得极老了,你看我怎么样?也完全变过了吧?"

"你倒没什么,唉,老三,我吓,我真可怜,这两三年来……"

"这两三年来的你的消息,我也知道一点。有的时候,在报纸上就看见过一二回你的行踪。不过李先生,你怎么会到此地来的呢?这真太奇怪了。"

"那么你呢?你何以会到此地来的呢?"

"前生注定是吃苦的人,譬如一条水草,浮来浮去,总生不着根,我的到此地来,说奇怪也是奇怪,说应该也是应该的。李先生,住在民德里楼上的那一位胖子,你可还记得?"

"嗯……是那一位南洋商人不是?"

"哈,你的记性真好!"

"他现在怎么样了?"

"是他和我一道来此地呀!"

"噢!这也是奇怪。"

"还有更奇怪的事情哩!"

"什么?"

"他已经死了!"

"这……这么说起来,你现在只剩了一个人了啦?"

"可不是么!"

"唉!"

两人又默默地走了一段,走到去大市街不远的三叉路口了。她问我住在什么地方,打算明天午后来看我。我说还是我去访她,她却很急促的警告我说:

"那可不成,那可不成,你不能上我那里去。"

出了P街以后,街上的灯火已经很多,并且行人也繁杂起来了,所以两个人没有握一握手,笑一笑的机会。到了分别的时候,她只约略点了一点头,就向南面的一条长街上跑了进去。

经了这一回奇遇的挑拨,我的平稳得同山中的静水湖似的心里,又起了些波纹。回想起来,已经是三年前的旧事了,那时候她的年纪还没有二十岁,住在上海民德里我在寄寓着的对门的一间洋房里。这一间洋房里,除了她一家的三四个年轻女子以外,还有二楼上的一家华侨的家族在住。当时我也不晓得谁是房东,谁是房客,更不晓得她们几个姐妹的生计是如何维持的。只有一次,是我和他们的老二认识以后,约有两个月的时候,我在他们的厢房里打牌,忽而来了一位穿着很阔绰的中老绅士,她们为我介绍,说这一位是他们的大姐夫。老大见他来了,果然就抛弃了我们,到对面的厢房里去和他攀谈去了，于是老四就坐下来替了她的缺。听她们说，她们都是江西人，而大姐夫的故乡却是湖北。他和她们大姐的结合，是当他在九江当行长的时候。

我当时刚从乡下出来，在一家报馆里当编辑。民德里的房子，是报馆总经理友人陈君的住宅。当时因为我上海情形不熟，不能另外去租房子住，所以就寄住在陈君的家里。陈家和她们对门而居，时常往来，因此我也于无意之中，和她们中间最活泼的老二认识了。

听陈家的底下人说："她们的老大，仿佛是那一位银行经理的小。她们一家四口的生活费，和她们一位弟弟的学费，都由这位银行经理负担的。"

她们姐妹四个，都生得很美，尤其活泼可爱的，是她们的老二。大约因为生得太美的原因，自老二以下，她们姐妹三个，全已到了结婚的年龄，而仍找不到一个适当的配偶者。

我一边在回想这些过去的事情，一边已经走到了长街的中心，最热闹的那一家百货商店的门口了。在这一个黄昏细雨里，只有这一段街上的行人还没有减少。两旁店家的灯火照耀得很明亮，反照出了些离人的孤独的情怀。向东走尽了这条街，朝南一转，右手矗立着一家名叫望海的大酒楼。这一家的三四层楼上，一间一间的小室很多，开窗看去，看得见海里的帆樯，是我到M港后去得次数最多的一家酒馆。

我慢慢的走到楼上坐下，叫好了酒菜，点着烟卷，朝电灯光呆看的时候，民德里的事情又重新开展在我的眼前。

她们姐妹中间，当时我最爱的是老二。老大已经有了主顾，对她当然更不能生出什么邪念来，老三有点阴郁，不像一个年轻的少女，老四年纪和我相差太远——她当时只有十六岁——自然不能发生相互的情感，所以当时我所热心崇拜的，只有老二。

她们的脸形，都是长方，眼睛都是很大，鼻梁都是很高，皮色都是很细白，以外貌来看，本来都是一样的可爱的。可是各人的性格，却相差得很远。老大和蔼，老二活泼，老三阴郁，老四——说不出什么，因为当时我并没有对老四注意过。

老二的活泼，在她的行动，言语，嬉笑上，处处都在表现。凡当时在民德里住的年纪在二十七八上下的男子，和老二见过一面的人，总没一个不受她的播弄的。

她的身材虽则不高，然而也够得上我们一般男子的肩头，若穿着高底鞋的时候，走路简直比西洋女子要快一倍。说话不顾什么忌讳，比我们男子的同学中间的日常言语还要直率。若有可笑的事情，被她看见，或在谈话的时候，听到一句笑话，不管在她面前的是生人不是生人，她总是露出她的两列可爱的白细牙齿，弯腰捧肚，笑个不了，有时候竟会把身体侧倒，扑倚上你的身来。陈家有几次请客，我因为受她的这一种态度的压迫受不了，每有中途逃席，逃上报馆去的事情。因此我在民德里住不上半年，陈家的大小上下，却为我取了一个别号，叫我作老二的鸡娘。因为老二像一只雄鸡，有什么可笑的事情发生的时候，总要我做她的倚柱，扑上身来笑个痛快。并且平时她总拿我来开玩笑，在众人的面前，老喜欢把我的不灵敏的动作和我说错的言语重述出来作哄笑的资料。不过说也奇怪，她像这样的玩弄我，轻视我，我当时不但没有恨她的心思，并且还时以为荣耀，快乐。我当一个人在默想的时候，每把这些琐事回想出来，心里倒反非常感激她，爱慕她。后来甚至于打牌的时候，她要什么牌，我就非打什么牌给她不可。万一我有违反她命令的时候，她竟毫不客气地举起她那只肥嫩的手，拍拍的打上我的脸来。而我呢，受了她的痛责之后，心里反感到一种不可名狀的满足，有时候因为想受她这一种施与的原因，故意地违反她的命令，要她来打，或用了她那一只尖长的皮鞋脚来踢我的腰部。若打得不够踢得不够，我就故意的说："不痛！不够！再踢一下！再打一下！"她也就毫不客气地，再举起手来或脚来踢打。我被打得两颊绯红，或腰部感到酸痛的时候,才柔柔顺顺地服从她的命令,再来做她想我做的事情。像这样的时候,倒是老大或老三每在旁边吓止她,教她不要太过分了,而我这被打责的,反而要很诚恳的央告她们,不要出来干涉。

　　记得有一次,她要出门去和一位朋友吃午饭,我正在她们家里坐着闲谈,她要我去上她姐姐房里把一双新买的皮鞋拿来替她穿上。这一双皮鞋,似乎太小了一点,我捏了她的脚替她穿了半天,才穿上了一只。她气得急了,就举起手来向我的伏在她小腹前的脸上,头上,脖子上乱打起来。我替她穿好第二只的时候,脖子上已经有几处被她打得青肿了。到我站起来,对她微笑着,问她"穿得怎么样"的时候,她说:"右脚尖有点痛!"我就挺了身子,很正经地对她说:"踢两脚吧!踢得宽一点,或者可以好些!"

　　说到她那双脚,实在不由人不爱。她已经有二十多岁了,而那双肥小的脚,还同十二三岁的小女孩的脚一样。我也曾为她穿过丝袜,所以她那双肥嫩皙白,脚尖很细,后跟很厚的肉脚,时常要作我的幻想的中心。从这一双脚,我能够想出许多离奇的梦境来。譬如在吃饭的时候,我一见了粉白糯润的香稻米饭,就会联想到她那双脚上去。"万一这碗里,"我想,"万一这碗里盛着的,是她那双嫩脚,那么我这样的在这里咀吮,她必要感到一种奇怪的痒痛。假如她横躺着身体,把这一双肉脚伸出来任我咀吮的时候，从她那两条很曲的口唇线里，必要发出许多真不真假不假的喊声来。或者转起身来，也许狠命的在头上打我一下的……"我一想到此地饭就要多吃一碗。

像这样活泼放达的老二，像这样柔顺蠢笨的我，这两人中间的关系，在半年里发生出来的这两人中间的关系，当然可以想见得到了。况我当时，还未满二十七岁，还没有娶亲，对于将来的希望，也还很有自负心哩！

当在陈家起坐室里说笑话的时候，我的那位友人的太太，也曾向我们说起过："老二，李先生若做了你的男人，那他就天天可以替你穿鞋着袜，并且还可以做你的出气洞，白天晚上，都可以受你的踢打，岂不很好么？"老二听到这些话，总老是笑着，对我斜视一眼说："李先生不行，太笨，他不会侍候人。我倒很愿意受人家的踢打，只教有一位能够命令我，教我心服的男子就好了。"在这样的笑谈之后，我心里总满感着忧郁，要一个人跑到马路去走半天，才能把胸中的郁闷遣散。

有一天礼拜六的晚上，我和她在大马路市政厅听音乐出来。老大老三都跟了一位她们大姐夫的朋友看电影去了。我们走到一家酒馆的门口，忽而吹来了两阵冷风。这时候正是九十月之交的晚秋的时候，我就拉住了她的手，颤抖着说："老二，我们上去吃一点热的东西再回去吧！"她也笑了一笑说："去吃点热酒吧！"我在酒楼上吃了两杯热酒之后，把平时的那一种木讷怕羞的态度除掉了，向前后左右看了一看，看见空洞的楼上，一个人也没有，就挨近了她的身边对她媚视着，一边发着颤声，一句一逗的对她说："老二！我……我的心，你可能了解？我，我，我很想……很想和你长在一块儿！"她举起眼睛来看了我一眼，又曲了嘴唇的两条线在口角上含着播弄人的微笑，回问我说："长在一块便怎么啦？"我大了胆，便摆过嘴去和她亲了一个嘴，她竟劈面的打了我一个嘴巴。楼下的伙计，听了拍的这一声大响声，就急忙的跑了上来，问我们："还要什么酒菜？"我忍着眼泪，还是微微地笑着对伙计说："不要了，打手巾来！"等到伙计下去的时候，她仍旧是不改常态的对我说："李先生，不要这样！下回你若再干这些事情，我还要打得凶哩！"我也只好把这事当作了一场笑话，很不自然地把我的感情压住了。

凡我对她的这些感情，和这些感情所催发出来的行为动作，旁人大约是看得很清楚的。所以老三虽则是一个很沉郁，脾气很特别，平时说话老是阴阳怪气的女子，对我与老二中间的事情，有时却很出力的在为我们拉拢。有时见了老二那一种打得我太狠，或者嘲弄得我太难堪的动作，也着实为我打过几次抱不平，极婉曲周到地说出话来非难过老二。而我这不识好丑的笨伯，当这些时候心里头非但不感谢老三，还要以为她是多事，出来干涉人家的自由行动。

在这一种情形之下，我和她们四姐妹，对门而住，来往交际了半年多。那一年的冬天，老二忽然与一个新自北京来的大学生订婚了。

这一年旧历新年前后的我的心境，当然是惑乱得不堪，悲痛得非常。当沉闷的时候，邀我去吃饭，邀我去打牌，有时候也和我去看电影的，倒是平时我所不大喜欢，常和老二两人叫她作阴私鬼的老三。而这一个老三，今天却突然的在这个南方的港市里，在这一个细雨朦胧的秋天的晚上，偶然遇见了。

想到了这里，我手里拿着的那支纸烟，已经烧剩了半寸的灰烬，面前杯中倒上的酒，也已经冷了。糊里糊涂的喝了几口酒，吃了两三筷菜，伙计又把一盘生翅汤送了上来。我吃完了晚饭，慢慢的冒雨走回旅馆来，洗了手脸，换了衣服，躺在床上，翻来覆去，终于一夜没有合眼。我想起了那一年的正月初二，老三和我两人上苏州去的一夜旅行。我想起了那一天晚上，两人默默的在电灯下相对的情形。我想起了第二天早晨起来，她在她的帐子里叫我过去，为她把掉在地下的衣服捡起来的声气。然而我当时终于忘不了老二,对于她的这种种好意的表示,非但没有回报她一二,并且简直没有接受她的余裕。两个人终于白旅行了一次,感情终于没有接近起来,那一天午后,就匆匆的依旧同兄妹似的回到上海来了。过了元宵节,我因为胸中苦闷不过,便在报馆里辞了职,和她们姐妹四人,也没有告别,一个人连行李也不带一件,跑上北京的冰天雪地里去,想去把我的过去的一切忘了,把我的全部烦闷葬了。嗣后两三年来,东飘西泊,却还没有在一处住过半年以上。无聊之极,也学学时髦,把我的苦闷写出来,做点小说卖卖。然而于不知不觉的中间,终于得了呼吸器的病症。现在飘流到了这极南的一角,谁想得到再会和这老三相见于黄昏的路上的呢!啊,这世界虽说很大,实在也是很小,两个浪人,在这样的天涯海角,也居然再能重见,你说奇也不奇。我想前想后,想了一夜,到天色有点微明,窗下有早起的工人经过的时候,方才昏昏地睡着。也不知睡了几久,在梦里忽而听到几声咯咯的叩门声。急忙夹着被条,坐起来一看,夜来的细雨,已经晴了,南窗里有两条太阳光线,灰黄黄的晒在那里。我含糊地叫了一声:"进来!"而那扇房门却老是不往里开。再等了几分钟,房门还是不向里开,我才觉得奇怪了,就披上衣服,走下床来。等我两脚刚立定的时候,房门却慢慢的开了。跟着门进来的,一点儿也不错，依旧是阴阳怪气，含着半脸神秘的微笑的老三。

"啊，老三！你怎么来得这样早？"我惊喜地问她。

"还早么？你看太阳都斜了啊！"

说着，她就慢慢地走进了房来，向我的上下看了一眼，笑了一脸，就仿佛害羞似的去窗面前站住，望向窗外去了。窗外头夹一重走廊，遥遥望去，底下就是一家富室的庭园，太阳很柔和的晒在那些未凋落的槐花树和杂树的枝头上。

她的装束和从前不同了。一件芝麻呢的女外套里，露出了一条白花丝的围巾来，上面穿的是半西式的八分短袄，裙子系黑印度缎的长套裙。一顶淡黄绸的女帽，深盖在额上，帽子的卷边下，就是那一双迷人的大眼，瞳人很黑，老在凝视着什么似的大眼。本来是长方的脸，因为有那顶帽子深覆在眼上，所以看去仿佛是带点圆味的样子。两三年的岁月，又把她那两条从鼻角斜拖向口角去的纹路刻深了。苍白的脸色，想是昨夜来打牌辛苦了的原因。本来是中等身材不肥不瘦的躯体，大约是我自家的身体缩矮了吧，看起来仿佛比从前高了一点。她背着我呆立在窗前。我看看她的肩背，觉得是比从前瘦了。

"老三，你站在那里干什么？"我扣好了衣裳，向前挨近了一步，一边把右手拍上她的肩去，劝她脱外套，一边就这样

问她。她也前进了半尺,把我的右手轻轻地避脱,朝过来笑着说:

"我在这里算账。"

"一清早起来就算账?什么账?"

"昨晚上的赢账。"

"你赢了么?"

"我哪一回不赢?只有和你来的那回却输了。"

"噢,你还记得那么清?输了多少给我?哪一回?"

"险些儿输了我的性命!"

"老三!"

"……"

"你这脾气还没有改过,还爱讲这些死话。"

以后她只是笑着不说话,我拿了一把椅子,请她坐了,就上西角上的水盆里去漱口洗脸。

一忽儿她又叫我说:

"李先生!你的脾气,也还没有改过,老爱吸这些纸烟。"

"老三!"

"……"

"幸亏你还没有改过,还能上这里来。要是昨天遇见的是老二哩，怕她是不肯来了。"

"李先生，你还没有忘记老二么？"

"仿佛还有一点记得。"

"你的情义真好！"

"谁说不好来着！"

"老二真有福分！"

"她现在在什么地方？"

"我也不知道，好久不通信了，前二三个月，听说还在上海。"

"老大老四呢？"

"也还是那一个样子，仍复在民德里。变化最多的，就是我吓！"

"不错，不错，你昨天说不要我上你那里去，这又为什么来着？"

"我不是不要你去，怕人家要说闲话。你应该知道，阿陆的家里，人是很多的。"

"是的，是的，那一位华侨姓陆吧。老三，你何以又会看中了这一位胖先生的呢？"

"像我这样的人，那里有看中看不中的好说，总算是做了一个怪梦。"

"这梦好么？"

"又有什么好不好，连我自己都莫名其妙。"

"你莫名其妙，怎么又会和他结婚的呢？"

"什么叫结婚呀。我不过当了一个礼物，当了一个老大和大姐夫的礼物。"

"老三！"

"……"

"他怎么会这样的早死的呢？"

"谁知道他，害人的。"

因为她说话的声气消沉下去了，我也不敢再问。等衣服换好，手脸洗毕的时候，我从衣袋里拿出表来一看，已经是二点过了三个字了。我点上一支烟卷，在她的对面坐下，偷眼向她一看，她那脸神秘的笑容，已经看不见一点踪影。下沉的双眼，口角的深纹，和两颊的苍白，完全把她画成了一个新寡的妇人。我知道她在追怀往事，所以不敢打断她的思路。默默地呼吸了半刻钟烟。她忽而站起来说："我要去了！"她说话的时候，身体已经走到了门口。我追上去留她，她脸也不回转来看我一眼，竟匆匆地出门去了。我又追上扶梯跟前叫她等一等，她到了楼梯底下，才把那双黑漆漆的眼睛向我看了一眼，并且轻轻地说："明天再来吧！"

迟桂花

自从这一回之后,她每天差不多总抽空上我那里来。两人的感情,也渐渐的融洽起来了。可是无论如何,到了我想再逼进一步的时候,她总马上设法逃避,或筑起城堡来防我。到我遇见她之后,约莫将十几天的时候,我的头脑心思,完全被她搅乱了。听说有呼吸器病的人,欲情最容易兴奋,这大约是真的。那时候我实在再也不能忍耐了,所以那一天的午后,我怎么也不放她回去,一定要她和我同去吃晚饭。

那一天早晨,天气很好。午后她来的时候,却热得厉害。到了三四点钟,天上起了云障,太阳下山之后,空中刮起风来了。她仿佛也受了这天气变化的影响,看她只是在一阵阵的消沉下去,她说了几次要去,我拼命的强留着她,末了她似乎也觉得无可奈何,就俯了头,尽坐在那里默想。

太阳下山了,房角落里,阴影爬了出来。南窗外看见的暮天半角,还带着些微紫色。同旧棉花似的一块灰黑的浮云,静静地压到了窗前。风声呜呜的从玻璃窗里传透过来,两人默坐在这将黑未黑的世界里,觉得我们以外的人类万有,都已经死灭尽了。在这个沉默的,向晚的,暗暗的悲哀海里,不知沉浸了几久,忽而电灯像雷击似的放光亮了。我站起了身,拿了一件她的黑呢旧斗篷,从后边替她披上,再伏下身去,用了两手,向她的胛下一抱，想乘势从她的右侧，把头靠向她的颊上去的，她却同梦中醒来似的蓦地站了起来，用力把我一推。我生怕她要再跑出门，跑回家去，所以马上就跑上房门口去拦住。她看了我这一种混乱的态度，却笑起来了。虽则兀立在灯下的姿势还是严不可犯的样子，然而她的眼睛在笑了，脸上的筋肉的紧张也松懈了，口角上也有笑容了。因此我就大了胆，再走近她的身边，用一只手夹斗篷的围抱住她，轻轻的在她耳边说：

"老三！你怕么？你怕我么？我以后不敢了，不再敢了，我们一道上外面去吃晚饭去吧！"

她虽是不响，一面身体却很柔顺地由我围抱着。我挽她出了房门，就放开了手。由她走在前头，走下扶梯，走出到街上去。

我们两人，在日暮的街道上走，绕远了道，避开那条P街，一直到那条M港最热闹的长街的中心止，不敢并着步讲一句话。街上的灯火全都灿烂地在放寒冷的光，天风还是呜呜的吹着，街路树的叶子，息索息索很零乱的散落下来，我们两人走了半天，才走到望海酒楼的三楼上一间滨海的小室里坐下。

坐下来一看，她的头发已经为凉风吹乱；瘦削的双颊，尤显得苍白。她要把斗篷脱下来，我劝她不必，并且叫伙计马上倒了一杯白兰地来给她喝。她把热茶和白兰地喝了，又用手巾在头上脸上擦了一擦,静坐了几分钟,才把常态恢复。那一脸神秘的笑和炯炯的两道眼光,又在寒冷的空气里散放起电力来了。

"今天真有点冷啊!"我开口对她说。

"你也觉得冷的么?"

"怎么我会不觉得冷的呢?"

"我以为你是比天气还要冷些。"

"老三!"

"……"

"那一年在苏州的晚上,比今天怎么样?"

"我想问你来着!"

"老三!那是我的不好,是我,我的不好。"

"……"

她尽是沉默着不响,所以我也不能多说。在吃饭的中间,我只是献着媚,低着声,诉说当时在民德里的时候的情形。她到吃完饭的时候止,总共不过说了十几句话,我想把她的记忆唤起,把当时她对我的旧情复燃起来,然而看看她脸上的表情,却终于是不曾为我所动。到末了我被她弄得没法了,就半用暴力,半用含泪的央告,一定要求她不要回去,接着就同拖也似的把她挟上了望海酒楼间壁的一家外国旅馆的楼上。

夜深了，外面的风还在萧骚地吹着。五十支的电光，到了后半夜加起亮来，反照得我心里异常的寂寞。室内的空气，也增加了寒冷，她还是穿了衣服，隔着一条被，朝里床躺在那里。我扑过去了几次，总被她推翻了下来，到最后的一次她却哭起来了，一边哭，一边又断断续续的说：

"李先生！我们的……我们的事情，早已……早已经结束了。那一年，要是那一年……你能……你能够像现在一样的爱我，那我……我也……不会……不会吃这一种苦的。我……我……你晓得……我……我……这两三年来……！"

说到这里，她抽咽得更加厉害，把被窝蒙上头去，索性任情哭了一个痛快。我想想她的身世，想想她目下的状态，想想过去她对我的情节，更想想我自家的沦落的半生，也被她的哀泣所感动，虽则滴不下眼泪来，但心里也尽在酸一阵痛一阵的难过。她哭了半点多钟，我在床上默坐了半点多钟，觉得她的眼泪，已经把我的邪念洗清，心里头什么也不想了。又静坐了几分钟，我听听她的哭声，也已经停止，就又伏过身去，诚诚恳恳地对她说：

"老三！今天晚上，又是我不好，我对你不起，我把你的真意误会了。我们的时期，的确已经过去了。我今晚上对你的要求，的确是卑劣得很。请你饶了我，噢，请你饶了我，我以后永也不再

迟桂花

干这一种卑劣的事情了，噢，请你饶了我！请你把你的头伸出来，朝转来，对我说一声，说一声饶了我吧！让我们把过去的一切忘了，请你把今晚上的我的这一种卑劣的事情忘了。噢，老三！"

我斜伏在她的枕头边上，含泪的把这些话说完之后，她的头还是尽朝着里床，身子一动也不肯动。我静候了好久，她才把头朝转来，举起一双泪眼，好像是在怜惜我又好像是在怨恨我地看了我一眼。得到了她这泪眼的一瞥，我心里也不晓怎么的起了一种比死刑囚遇赦的时候还要感激的心思。她仍复把头朝了转去，我也在她的被外头躺下了。躺下之后，两人虽然都没有睡着，然而我的心里却很舒畅的默默的直躺到了天明。

早晨起来，约略梳洗了一番，她又同平时一样的和我微笑了，而我哩，脸上虽在笑着，心里头却尽是一滴苦泪一滴苦泪的在往喉头鼻里咽送。

两人从旅馆出来，东方只有几点红云罩着，夜来的风势，把一碧的长天扫尽了。太阳已出了海，淡薄的阳光晒着的几条冷静的街上，除了些被风吹堕的树叶和几堆灰土之外，也比平时洁净得多。转过了长街送她到了上她自家的门口，将要分别的时候，我只紧握了她一双冰冷的手，轻轻地对她说：

"老三！请你自家珍重一点，我们以后见面的机会，恐怕很少了。"我说出了这句话之后，心里不晓怎么的忽儿绞割了起来，两只眼睛里同雾天似的起了一层蒙障。她仿佛也深深地朝我看了一眼，就很急促地抽了她的两手，飞跑的奔向屋后去了。

　　这一天的晚上，海上有一弯眉毛似的新月照着，我和许多言语不通的南省人杂处在一舱里吸烟。舱外的风声浪声很大，大家只在电灯下计算着这海船航行的速度，和到 H 港的时刻。

一九二七年一月十日在上海

微雪的早晨

　　这一个人，现在已经不在世上了；而他的致死的原因，一直到现在还没有明白。

　　他的面貌很清秀，不像是一个北方人。我和他初次在教室里见面的时候，总以为他是江浙一带的学生；后来听他和先生说话的口气，才知道他是北直隶产。在学校的寄宿舍里和他同住了两个月，在图书室里和他见了许多次数的面，又在一天礼拜六的下午，和他同出西便门去骑了一次骡子，才知道他是京兆的乡下，去京城只有十八里地的殷家集的农家之子，是在北京师范毕业之后，考入这师范大学里来的。

　　一般新进学校的同学，都是趾高气扬的青年，只有他，貌很柔和，人很谦逊，穿着一件青竹布的大褂，上课的第一天，就很勤恳的拿了一支铅笔和一册笔记簿，在那里记录先生所说的话。

　　当时我初到北京，朋友很少。见了一般同学，又只是心虚胆怯，恐怕我的穷状和浅学被他们看出，所以到学校后的一个礼拜之中，竟不敢和同学攀谈一句话。但是对于他，我心里却很感着几分亲热，因为他的座位，是在我的前一排，他的一举一动，我都默默的在那里留心的看着，所以对于他的那一种谦恭的样子，及和我一样的那种沉默怕羞的态度，心里却早起了共鸣。

　　是我到学校后第二个星期的一天早晨，我一早就起了床，一个人在操场里读英文。当我读完了一节，静静地在翻阅后面的没有教过的地方的时候，我忽而觉得背后仿佛有人立在那里的样子。回头来一看，果然看见他含了笑，也拿了一本书，立在我的背后去墙不过二尺的地方，在那里对我看着。我回过头来看他的时候，同时他就对我说："您真用功啊！"我倒被他说得脸红了，也只好笑着对他说："您也用功得很！"

　　从这一回之后，我们俩就谈起天来了。两个月之后，因为和他在图书室里老是在一张桌上看书的原因，所以交情尤其觉得亲密。有一天礼拜六，天气特别的好，前夜下的雨，把轻尘压住，晚秋的太阳晒得和暖可人，又加以午后一点钟教育史，先生请假，吃了中饭之后，两个人在阅报室里遇见了，便不约而同的说出了一句话来：

　　"天气真好极了，上哪儿去散散步罢！"

我北京的地理不熟悉，所以一个人不大敢跑出去。到京住了两月之久，在礼拜天和假日里去过的地方，只有三殿和中央公园。那一天因为天气太好，很想上郊外去走走，一见了他，就临时想定了主意，喊出了那一句话来。同时他也仿佛在那里想上城外去跑，见了我，也自然而然的发了这一个提议，所以我们俩不待说第二句话，就走上了向校门的那条石砌的大路。走出校门之后，第二个问题就起来了，"上哪里去呢？"

　　在琉璃厂正中的那条大道上，朝南迎着日光走了几步，他就笑着问我说：

　　"李君，你会骑骡儿不会？"

　　我在苏州住中学住过四年，骡子是当然会骑的，听了他那一句话，忽而想起了中学时代骑骡子上虎丘去的兴致来，所以马上就赞成说：

　　"北京也有骡子么？让我们去骑骑试试！"

　　"骡儿多得很，一出城门就有，我就怕你不会骑呀。"

　　"我骑倒是会骑的。"

　　两人说说走走，到西便门附近的时候，已经是快两点了。雇好了骡子，骑向白云观去的路上，身上披满了黄金的日光，肺部饱吸着西山的爽气，我们两人觉得做皇帝也没有这样的快乐。

北京的气候，一年中以这一个时期为最好。天气不寒不热，大风期还没有到来。净碧的长空，反映着远山的浓翠，好像是大海波平时的景象。况且这一天午后，刚当前夜小雨之余，路上微尘不起，两旁的树叶还未落尽的洋槐榆树的枝头，青翠欲滴，大有首夏清和的意思。

出了西便门，野田里的黍稷都已收割起了，农夫在那里耕锄播种的地方也有，但是大半的地上都还清清楚楚的空在那里。

我们骑过了那乘石桥，从白云观后远看西山的时候，两个人不知不觉的对视了一回，各作了一种会心的微笑，又同发了一声赞叹：

"真好极了！"

出城的时候，骡儿跑得很快，所以在白云观里走了一阵出来，太阳还是很高。他告诉我说：

"这白云观，是道士们会聚的地方。清朝慈禧太后也时常来此宿歇。每年正月自初一起到十八止，北京的妇女们游冶子来此地烧香驰马的，路上满都挤着。那时候桥洞底下，还有老道坐着，终日不言不语，也不吃东西，说是得道的。老人堂里更坐着一排白发的道士，身上写明几百岁几百岁，骗取女人们的金钱不少。这一种妖言惑众的行为，实在应该禁止的，而北京当局者的太太小姐们还要前来膜拜施舍,以夸她们的阔绰,你说可气不可气?"

这也是令我佩服他不止的一个地方,因为我平时看见他尽是一味的在那里用功的,然而谈到了当时的政治及社会的陋习,他却慷慨激昂,讲出来的话句句中肯,句句有力,不像是一个读死书的人。尤其是对于时事,他发的议论,激烈得很,对于那些军阀官僚,骂得淋漓尽致。

我们走出了白云观,因为时候还早,所以又跑上前面天宁寺的塔下去了一趟。寺里有兵驻扎在那里,不准我们进去,他去交涉了一番,也终于不行。所以在回来的路上,他又切齿的骂了一阵:

"这些狗东西,我总得杀他们干净。我们百姓的儿女田庐,都被他们侵占尽了。总有一天报他们的仇。"

经过了这一次郊外游行之后,我们的交情又进了一步。上课的时候,他坐在我的前头,我坐在他的后一排,进出当然是一道。寝室本来是离开两间的,然而他和一位我的同房间的办妥了交涉,竟私下搬了过来。在图书室里,当然是一起的。自修室却没有法子搬拢来,所以只有自修的时候,我们两人不能同伴。

每日的日课,大抵是一定的。平常的时候,我们都到六点半钟就起床,拿书到操场上去读一个钟头。早饭后上课,中饭后看半点钟报,午后三点钟课余下来,上图书室去读书。晚上自修两个钟头,洗一个脸,上寝室去杂谈一会,就上床睡觉。我自从和他住在一道之后,觉得兴趣也好得多,用功也更加起劲了。

可是有一点,我时常在私心害怕,就是中学里时常有的那一种同学中的风说。他的相儿,虽则很清秀,然而两道眉毛很浓,嘴唇极厚,一张不甚白皙的长方脸,无论何人看起来,总是一位有男性美的青年。万一有风说起来的时候,我这身材矮小的南方人,当然要居于不利的地位。但是这私心的恐惧,终没有实现出来,一则因为大学生究竟比中学生知识高一点,二则大约也是因为他的勤勉的行为和凛不可犯的威风可以压服众人的缘故。

这样的又过去了两个月,北风渐渐的紧起来,京城里的居民也感到寒威的逼迫了,我们学校里就开始考试,到了旧历十二月底边,便放了年假。

同班的同学,北方人大抵回家去过年;只有贫而无归的我和其他的二三个南方人,脸上只是一天一天的枯寂下去,眼看得同学们一个一个的兴高采烈地整理行箧,心里每在洒丧家的苦泪。同房间的他因为看得我这一种状况,也似乎不忍别去,所以考完的那一天中午,他就同我说:

"年假期内,我也不打算回去,好在这儿多读一点书。"但考试完后的两天,图书室也闭门了,同房间的同学只剩了我和他的两个人。又加以寝室内和自修室里火炉也没有,电灯也似乎灭了光,冷灰灰的蛰伏在那里,看书终究看不进去。若去看戏游玩呢,我们又没有这些钱;上街去走走呢,冰寒的大风灰沙里,看见的又都是些残年的急景和来往忙碌的行人。

到了放假后的第三天,他也垂头丧气的急起来了。那一天早晨,天气特别的冷,我们开了眼,谈着话,一直睡到十点多钟才起床。饿着肚在房里看了一回杂志,他忽儿对我说:

"李君,我们走吧,你到我们乡下去过年好不好?"

当他告诉我不回家去过年的时候,我已经看出了他对我的好意,心里着实的过意不去,现在又听了他这话,更加觉得对他不起了,所以就对他说:

"你去吧!家里又近,回家去又可以享受夫妇的天伦之乐,为什么不回去呢?"

但他无论如何总不肯一个人回去,从十点半钟讲起,一直讲到中午吃饭的时候止,他总要我和他一道,才肯回去。他的脾气是很古怪的,平时沉默寡言,凡事一说出口,却不肯改过口来。我和他相处半年,深知他有这一种执拗不弯的习气,所以到后来就终究答应了他,和他一道上他那里去过年。

　　那一天早晨很冷,中午的时候,太阳还躲在灰白的层云里,吃过中饭,把行李收拾了一收拾,正要雇车出去的时候,寒空里却下起鹅毛似的雪片来了。

　　雇洋车坐到永定门外,从永定门我们再雇驴车到殷家集去。路上来往的行人很少,四野寥阔,只有几簇枯树林在那里点缀冬郊的寂寞。雪片尽是一阵一阵的大起来,四面的野景,渺渺茫茫,从车篷缺处看出去,好像是披着了一层薄纱似的。幸亏我们车是往南行的,北风吹不着,但驴背的雪片积得很多,溶化的热气一道一道的偷进车厢里来,看去好像是驴子在那里出汗的样子。

　　冬天的短日,阴森森的晚了,驴车里摇动虽则很厉害,但我已经昏昏的睡着。到了他摇我醒来的时候,我同做梦似的不晓得身子在什么地方。张开眼睛来一看,只觉得车篷里黑得怕人。他笑着说:

　　"李君!你醒醒吧!你瞧,前面不是有几点灯火看见了么?那儿就是殷家集呀!"

　　又走了一阵,车子到了他家的门口,下车之后,我的脚也盘坐得麻了。走进他的家里去一看,里边却宽敞得很。他的老父和母亲，喜欢得了不得。我们在一盏煤油灯下，吃完了晚饭，他的媳妇也出来为我在一张暖炕上铺起被褥来。说起他的媳妇，本来是生长在他家里的童养媳，是于去年刚合婚的。两只脚缠得很小，相儿虽则不美，但在乡下也不算很坏。不过衣服的样子太古，从看惯了都会人士的我们看来，她那件青布的棉袄，和紧扎着脚的红棉裤，实在太难看了。这一晚因为日间在驴车上摇摆了半天，我觉得有点倦了，所以吃完晚饭之后，一早就上炕去睡了。他在里间房里和他父母谈了些什么，和他媳妇在什么时候上炕，我却没有知道。

在他家里过了一个年，住了九天，我所看出的事实，有两件很使我为他伤心：第一是婚姻的不如意，第二是他家里的贫穷。

北方的农家，大约都是一样的，终岁劳动，所得的结果，还不够供政府的苛税。他家里虽则有几十亩地，然而这几十亩地的出息，除了赋税而外，他老父母的饮食和媳妇儿的服饰，还是供给不了的。他是独养儿子，父亲今年五十多了。他前后左右的农家的儿子，年纪和他相上下的，都能上地里去工作，帮助家计；而他一个人在学校里念书，非但不能帮他父亲，并且时时还要向家里去支取零用钱来买书购物。到此，我才看出了他在学校里所以要这样减省的原因。唯其如此，我和他同病相怜，更加觉得他的人格的高尚。

到了正月初四,旧年的雪也融化了,他在家里日日和那童养媳相对,也似乎十分的不快,所以我就劝他早日回京,回到学校里去。

正月初五的早晨,天气很好,他父亲自家上前面一家姓陈的人家,去借了骡儿和车子,送我们进城来。

说起了这姓陈的人家,我现在还疑他们的女儿是我同学致死的最大原因。陈家是殷家集的豪农,有地二百多顷。房屋也是瓦屋,屋前屋后的墙围很大。他们有三个儿子,顶大的却是一位女儿。她今年十九岁了,比我那位同学小两岁。我和他在他家里住了九天,然而一半的光阴却是在陈家费去的。陈家的老头儿,年纪和我同学的父亲差不多,可是娶了两次亲,前后都已经死了。初娶的正配生了一个女儿,继娶的续弦生了三个男孩,顶大的还只有十一岁。

我的同学和陈家的惠英——这是她的名字——小的时候,在一个私塾里念书;后来大了,他就去进了史官屯的小学校。这史官屯在殷家集之北七八里路的地方,是出永定门以南的第一个大村庄。他在史官屯小学里住了四年,成绩最好,每次总考第一,所以毕业之后,先生就为他去北京师范报名,要他继续的求学。

这先生现在也已经去世了,我的同学一说起他,还要流出眼泪来,感激得不了。从此他在北京师范住了四年,现在却安安稳稳的进了大学。读书人很少的这村庄上,大家对于他的勤俭力学,当然是非常尊敬。尤其是陈家的老头儿,每对他父亲说:

"雅儒这小孩,一定很有出息,你一定培植他出来,若要钱用,我尽可以为你出力。"

我说了大半天,把他的名姓忘了,还没有告诉出来。他姓朱,名字叫"雅儒"。我们学校里的称呼本来是连名带姓叫的,大家叫他"朱雅儒""朱雅儒";而他叫人,却总不把名字放进去,只叫一个姓氏,底下添一个君字。因此他总不直呼其名的叫我"李厥明",而以"李君"两字叫我。我起初还听不惯,觉得有点儿不好意思;后来也就学了他,叫他"朱君""朱君"了。

陈家的老头儿既然这样的重视他,对于他父亲提出的借款问题,当然是百无一拒的。所以我想他们家里,欠陈家的款,一定也是不在少数。

那一天,正月初五的那一天,他父亲向陈家去借了驴车驴子,送我们进城来,我在路上因为没有话讲,就对他说:

"可惜陈家的惠英没有读书,她实在是聪明得很!"

他起初听了我这一句话,脸上忽而红了一红,后来觉得我讲

这话时并没有恶意含着,他就叹了一口气说:

"唉!天下的恨事正多得很哩!"

我看他的神气,似乎他不大愿意我说这些女孩儿的事情,所以我也就默默的不响了。

那一天到了学校之后,同学们都还没有回来,我和他两个人逛逛厂甸,听听戏,也就猫猫虎虎将一个寒假过了过去。开学之后,又是刻板的生活,上课下课,吃饭睡觉,一直到了暑假。

暑假中,我因为想家想得心切,就和他别去,回南边的家里来住了两个月。上车的时候,他送我到车站上来,说了许多互相勉励的话,要我到家之后,每天写一封信给他,报告南边的风物。而我自家呢,说想于暑假中去当两个月家庭教师,好弄一点零用,买一点书籍。

我到南边之后,虽则不天天写信,但一个月中间,也总计要和他通五六封信。我从信中的消息,知道他暑假中并不回家去,仍住在北京一家姓黄的人家教书,每月也可得二十块钱薪水。

到阳历八月底边,他写信来催我回京,并且说他于前星期六回到殷家集去了一次,陈家的惠英还在问起我的消息呢。

因为他提起了惠英,我倒想起当日在殷家集过年的事情来了。惠英的貌并不美,不过皮肤的细白实在是北方女子中间所少见的。

一双大眼睛，看人的时候，使人要惧怕起来；因为她的眼睛似乎能洞见一切的样子。身材不矮不高，一张团团的面使人一见就觉得她是一个忠厚的人。但是人很能干，自她后母死后，一切家计都操在她的手里。她的家里，洒扫得很干净。西面的一间厢房，是她的起坐室，一切账簿文件，都搁在这一间厢房里。我和朱君于过年前后的几天中老去坐谈的，也是在这间房里。她父亲喜欢喝点酒，所以正月里的几天，他老在外头。我和朱君上她家里去的时候，不是和她的几个弟弟说笑话，谈故事，就和她讲些北京学校里的杂事。朱君对她严谨沉默，和对我们同学一样。她对朱君亦没有什么特别的亲热的表示。

只有一天，正月初四的晚上，吃过晚饭之后，朱君忽而从家中走了出去。我和他父亲谈了些杂天，抽了一点空，也顺便走了出去，上前面陈家去，以为朱君一定在她那里坐着。然而到了那厢房里，和她的小兄弟谈了几句话之后，问他们"朱君来过了没有？"他们都摇摇头说"没有来过"。问他们的"姐姐呢？"他们回答说："病着，睡觉了。"

我回到朱家来，正想上炕去睡的时候，从前面门里朱君却很快的走了进来。在煤油灯底下，我虽看不清他的脸色，然而从他和我说话的声气及他那双红肿的眼睛上看来，似乎他刚上什么地方去痛哭了一场似的。

我接到了他催我回京的信后，一时联想到了这些细事，心里倒觉得有点好笑，就自言自语的说了一句：

"老朱！你大约也掉在恋爱里了吧？"

阳历九月初，我到了北京，朱君早已回到学校里来，床位饭案等事情，他早已为我弄好，弄得和他在一块。暑假考的成绩，也已经发表了。他列在第二，我却在他的底下三名的第五，所以自修室也合在一块儿。

开学之后，一切都和往年一样，我们的生活也是刻板式的很平稳的过去了一个多月。北京的天气，新考入来的学生，和我们一班的同学，以及其他的一切，都是同上学期一样的没有什么变化，可是朱君的性格却比从前有点不同起来了。

平常本来是沉默的他，入了阳历十月以后，更是闷声不响了。本来他用钱是很节省的，但是新学期开始之后，他老拖了我上酒店去喝酒去。拼命的喝几杯之后，他就放声骂社会制度的不良，骂经济分配的不均，骂军阀，骂官僚，末了他尤其攻击北方农民阶级的愚昧，无微不至。我看了他这一种悲愤，心里也着实为他所动，可是到后来只好以顺天守命的老生常谈来劝他。

本来是勤勉的他，这一学期来更加用功了。晚上熄灯铃打了之后，他还是一个人在自修室里点着洋蜡，在看英文的爱伦凯，倍倍儿，须帝纳儿等人的书。我也曾劝过他好几次，教他及时休养休养，保重身体。他却昂然的对我说：

"像这样的世界上，像这样的社会里，我们偷生着有什么用处？什么叫保重身体？你先去睡吧！"

礼拜六的下午和礼拜天的早晨，我们本来是每礼拜约定上郊外去走走的；但他自从入了阳历十月以后，不推托说是书没有看完，就说是身体不好，总一个人留在寝室里不出去。实际上，我看他的身体也一天一天的瘦下去了。两道很浓的眉毛，投下了两层阴影，他的眼窝陷落得很深，看起来实在有点怕人，而他自家却还在起早落夜的读那些提倡改革社会的书。我注意看他，觉得他的饭量也渐渐的减下去了。

有一天寒风吹得很冷，天空中遮满了灰暗的云，仿佛要下大雪的早晨，门房忽而到我们的寝室里来，说有一位女客，在那里找朱先生。那时候，朱君已经出去上操场上去散步看书去了。我走到操场上，寻见了他，告诉了他以后，他脸上忽然变得一点血色也没有，瞪了两眼，同呆子似的尽管问我说：

"她来了么？她真来了么？"

我倒被他骇了一跳，认真的对他说：

"谁来谎你,你跑出去看看就对了。"

他出去了半日,到上课的时候,也不进教室里来;等到午后一点多钟,我在下堂上自修室去的路上,却遇见了他。他的脸色更灰白了,比早晨我对他说话的时候还要阴郁,锁紧了的一双浓厚的眉毛,阴影扩大了开来,他的全部脸上都罩着一层死色。我遇见了他,问他早晨来的是谁,他却微微的露了一脸苦笑说:

"是惠英!她上京来买货物的,现在和她爸爸住在打磨厂高升店。你打算去看她么?我们晚上一同去吧!去和他们听戏去。"

听了他这一番话,我心里倒喜欢得很,因为陈家的老头儿的话,他是很要听的。所以我想吃过晚饭之后,和他同上高升店去,一则可以看看半年多不见的惠英,二则可以托陈家的老头儿劝劝朱君,劝他少用些功。

吃过晚饭,风刮得很大,我和他两个人不得不坐洋车上打磨厂去。到高升店去一看,他们父女二人正在吃晚饭,陈老头还在喝白干,桌上一个羊肉火锅烧得满屋里都是火锅的香味。电灯光为火锅的热气所包住,照得房里朦朦胧胧。惠英着了一件黑布的长袍,立起来让我们坐下喝酒的时候,我觉得她的相儿却比在殷家集的时候美得多了。

陈老头一定要我们坐下去喝酒，我们不得已就坐下去喝了几杯。一边喝，一边谈，我就把朱君近来太用功的事情说了一遍。陈老头听了我的话，果然对朱君说：

"雅儒！你在大学里，成绩也不算不好，何必再这样呢？听说你考在第二名，也已经可以了，你难道还想夺第一名么？……总之，是身体要紧。……你的家里，全都在盼望你在大学里毕业后，赚钱去养家。万一身体不好，你就是学问再好一点，也没有用处。"

朱君听了这些话，尽是闷声不语，一杯一杯的在俯着头喝酒。我也因为喝了一点酒，头早昏痛了，所以看不出他的表情来。一面回过头来看看惠英，似乎也俯着了头，在那里落眼泪。

这一天晚上，因为谈天谈得时节长了，戏终于没有去听。我们坐洋车回校里的时候，自修的钟头却已经过了。第二天，陈家的父女已经回家去了，我们也就回复了平时的刻板生活。朱君的用功，沉默，牢骚抑郁的态度，也仍旧和前头一样，并不因陈家老头儿的劝告而减轻些。

时间一天一天的过去，又是一年将尽的冬天到了。北风接着吹了几天，早晚的寒冷骤然增加了起来。

年假考的前一个星期，大家都紧张起来了，朱君也因这一学期看课外的书看了太多，把学校里的课本丢开的原因，接连有三夜不睡，温习了三夜功课。

正将考试的前一天早晨，朱君忽而一早就起了床，袜子也不穿，蓬头垢面的跑了出去。跑到了门房里，他拉住了门房，要他把那一个人交出来。门房莫名其妙，问他所说的那一个人是谁，他只是拉住了门房吵闹，却不肯说出那一个人的姓名来。吵得声音大了，我们都出去看，一看是朱君在和门房吵闹，我就夹了进去。这时候我一看朱君的神色，自家也骇了一跳。

他的眼睛是血胀得红红的，两道眉毛直竖在那里，脸上是一种没有光泽的青灰色，额上颈项上胀满了许多青筋。他一看见我们，就露了两列雪白的牙齿，同哭也似的笑着说：

"好好，你们都来了，你们把这一个小军阀看守着，让我去拿出手枪来枪毙他。"

说着，他就把门房一推，推在我和另外两个同学的身上；大家都不提防他的，被他这么一推，四个人就一块儿的跌倒在地上。他却哈哈的笑了几声，就一直的跑了进去。

我们看了他这一种行动，大家都晓得他是精神错乱了，就商量叫校役把他看守在养病室里，一边去通知学校当局，请学校里快去请医生来替他医治。

　　他一个人坐在养病室里不耐烦，硬要出来和校役打骂，并且指看守他的校役是小军阀，骂着说：

　　"混蛋，像你这样的一个小小的军阀，也敢强取人家的闺女么？快拿手枪来，快拿手枪来！"

　　校医来看他的病，也被他打了几下，并且把校医的一副眼镜也扯下来打碎了。我站在门口，含泪的叫了几声：

　　"朱君！朱君！你连我都认不清了么？"

　　他光着眼睛，对我看了一忽，就又哈哈哈哈的笑着说：

　　"你这小王八，你是来骗钱的吧！"

　　说着，他又打上我的身来，我们不得已就只好将养病室的门锁上，一边差人上他家里去报信，叫他的父母出来看护他的病。

　　到了将晚的时候，他父亲来了，同来的是陈家的老头儿。我当夜就和他们陪朱君出去，在一家公寓里先租了一间房间住着。朱君的病愈来愈凶了，我们三个人因为想制止他的暴行，终于一晚没有睡觉。

　　第二天早晨，我一早就回学校去考试，到了午后，再上公寓里去看他的时候，知道他们已经另外租定了一间小屋，把朱君捆缚起来了。

我在学校里考试考了三天，正到考完的那一日早晨一早就接到了一个急信，说朱君已经不行了，急待我上那儿去看看他。我到了那里去一看，只见黑漆漆的一间小屋里，他同鬼也似的还被缚在一张板床上。房里的空气秽臭得不堪，在这黑臭的空气里，只听见微微的喘气声和腹泻的声音。我在门口静立了一忽，实在是耐不住了，便放高了声音，"朱君""朱君"的叫了两声。坐在他脚后的他那老父，马上举起手来阻止我发声。朱君听了我的唤声，把头转过来看我的时候，我只看见了一个枯黑得同髑髅似的头和很黑很黑的两颗眼睛。

我踏进了那间小房，审视了他一回，看见他的手脚还是绑着，头却软软的斜靠在枕头上面。脚后头坐在他父亲背后的，还有一位那朱君的媳妇，眼睛哭得红肿，呆呆的缩着头，在那里看守着这将死的她的男人。

我向前后一看，眼泪忽而涌了出来，走上他的枕头边上，伏下身去，轻轻的问了他一句话"朱君！你还认得我么？"底下就说不下去了。他又转过头来对我看了一眼，脸上一点儿表情也没有，但由我的泪眼看过去，好像他的眼角上也在流出眼泪来的样子。

我走近他父亲的身边，问陈老头哪里去了。他父亲说：

"他们惠英要于今天出嫁给一位军官,所以他早就回去料理喜事去了。"

我又问朱君服的是什么药,他父亲只摇摇头,说:"我也不晓得。不过他服了药后,却泻到如今,现在是好像已经不行了。"

我心里想,这一定是服药服错了,否则,三天之内,他何以会变得这样的呢?我正想说话的时候,却又听见了一阵腹泻的声音,朱君的头在枕头上摇了几摇,喉头咯咯的响起来了。我的毛发竦竖了起来,同时他父亲,他媳妇儿也站起来赶上他的枕头边上去。我看见他的头往上抽了几抽,喉咙头格落落响了几声,微微抽动了一刻钟的样子,一切的动静就停止了。他的媳妇儿放声哭了起来,他的父亲也因急得痴了,倒只是不发声的呆站在那里。我却忍耐不住了,也低下头去在他耳边"朱君!朱君!"的绝叫了两三声。

第二天早晨,天又下起微雪来了。我和朱君的父亲和他的媳妇,在一辆大车上一清早就送朱君的棺材出城去。这时候城内外的居民还没有起床,长街上清冷得很。一辆大车,前面载着朱君的灵柩,后面坐着我们三人,慢慢的在雪里转走。雪片积在前面罩棺木的红毡上,我和朱君的父亲却包在一条破棉被里,避着背后吹来的北风。街上的行人很少,朱君的媳妇幽幽在哭着的声音，觉得更加令人伤感。

　　大车走出永定门的时候，黄灰色的太阳出来了，雪片也似乎少了一点。我想起了去年冬假里和朱君一道上他家去的光景，就不知不觉的向前面的灵柩叫了两声，忽儿按捺不住地哗的放声哭了起来。

　　　　　　　　　　　　　　　一九二七年七月十六日

烟　影

一

　　每天想回去，想回去，但一则因为咳血咳得厉害，怕一动就要发生意外；二则因为几个稿费总不敷分配的原因，终于在上海的一间破落人家的前楼里住下了的文朴，这一天午后，又无情无绪地在秋阳和暖，灰土低翔的康脑脱马路上试他的孤独的漫步。

　　以季节而论，这时候晚秋早已过去，闰年的十月，若在北方，早该是冰冻天寒，朔风狂雪在横施暴力的时候，而这江南一廓，却依旧是秋光澄媚，日暖风和，就是道旁的两排阿葛西亚，树叶也还没有脱尽。四面空地里的杂草，也不过颜色有点枯黄，别致的人家的篱落，还有几处青色，在那里迎送斜阳哩！

　　然而时间的痕迹，终于看得出来，道路两旁的别墅前头的白杨绿竹；渐离尘市，渐渐增加起来的隙地上的衰草斜阳；和路上来往的几个行人身上的服饰，无一点不在表现残秋的凋落。文朴慢慢地向西走去，转了几个弯，看看两旁新筑的别墅式的洋房渐渐稀少起来了，就想回转脚步，寻出原来的路来，走回家去。

回头转来，从一条很狭窄的，两边有一丈来高的竹篱夹住的小路穿过，又走上一条斜通东西的大道上的时候，前面远远的忽而飞来了一乘蛋白色的新式小汽车。文朴拿出手帕来掩住口鼻，把身子打侧，稳稳的站在路旁，想让汽车过去，但是出乎他意料之外，那乘汽车，突然的在离他五六尺路的地方停住了。同时从车座上"噢，老文，你在这里干什么？"的叫了一声，文朴平时走路——尤其是在田野里散步——的时候，总和梦游病者一样，眼睛凝视着前面的空处，注意力全部内向，被吸收在漫无联络的空想中间；视野里非有印象特别深刻的对象，譬如很美丽的自然风景，极雅致的建筑或十分娇艳的异性之类，断不能唤醒他的幻梦，所以这一回忽而听到了汽车里的呼声，文朴倒吃了一惊，把他半日来的一条思索的线路打断了。

"噢，你也在上海么？几时出京的？"

文朴的清瘦的面上同时现出了惊异和欣喜的神情，含了一脸枯寂的微笑，急遽地问了一声；问后他马上抢上前去，伸出手来去捏他朋友的一只套着皮手套的右手。

"你怎么也到上海来了呢？听说你在××，几时到这里的？现在住在什么地方？"

文朴被他朋友一问，倒被问得脸上有点红热起来了。因为他这一次在××大学教书，系受了两三个被人收买了的学生的攻击，同逃也似的跑到上海来的。到上海之后，他本来想马上回到北京去，但事不凑巧，年年不息的内战，又在津浦沿线勃发了。奸淫掳掠，放火杀人，在在皆是。那些匪不像匪，兵不像兵的东西，恶毒成性，决不肯放一个老百姓平安地行旅过路的。况平日里讲话不谨慎的文朴，若冒了锋镝，往北进行，那这时候恐难免不为乱兵所杀戮。本来生死的问题，由文朴眼里看来，原也算不得一回什么了不得的大事。但一样的死，他却希望死在一个美人的怀里，或者也应该于月白风清的中夜，死在波光容与的海上。被这些比禽兽还不如的中国军人来砍杀，他以为还不如被一条毒蛇来咬死的时候，更光荣些。因此被他的在上海的几位穷朋友一劝，他也就猫猫虎虎的住下了。现在受了他半年余不见的老友的这一问，提醒了他目下的进退两难的境况，且使他回想起了一个月前头，几个凶恶的学生赶他的情形，他心里又觉得害羞，又觉得难过，所以只是默默的笑着，不回答一句话。他的朋友，知道他的脾气，所以也不等他的回话，就匆促地继续问他说：

"你近来身体怎么样？怎么半年多一点不见，就瘦得这一个样儿？我看你的背脊也有点驼了。喂，老文，两三年前的你的闹酒的元气，上哪里去了？"

文朴听了他老友的这一番责备不像责备，慰问不像慰问的说话，心里愈是难过，喉舌愈觉得干硬了。举起了一双潮润的眼睛，呆看着他朋友的很壮健的脸色，他只好仍旧维持着他那一脸悲凉的微笑，默默地不作一声。他的朋友，把车门开了，让他进去同坐，他只是摇摇头，不肯进去。到后来他的朋友没有办法，就只好把车搁在道旁跳下来和他走了一段，作了些怀旧之谈，渐渐地引他谈到他现在的经济状况上去。文朴起初还不肯说，经他朋友屡次三番的盘诘，他才把"现在一时横竖不能北上，但很想乘此机会回浙江的故里去休养休养；可是他的经济状况，又不许可"的话说了。他的朋友还没有把这一段话听完之先，就很不经意地从裤子袋里摸出了一个香烟盒子来献给他看：

"你看这盒子怎么样？"

一边说着，一边他就开了盒子，拿了一支香烟出来。随即把盒子盖上，递给文朴之后，他又从另外的裤脚袋里摸出一个石油火盒来点火吸烟。文朴看了这银质镶金的烟盒,心里倒也很觉得可爱,但从吐血的那一天起,因为怕咳,不十分吸烟,所以空空把盒子玩了一会,并不开起盖子拿烟来吸,又把这盒子交还了他的朋友。他朋友对他笑了一笑,向天喷了一口青烟,轻轻地对他说:

"这烟盒你该认得吧,是密斯李送我的。现在她已经嫁了,我留在这里,倒反加添我的懊恼,请你为我保留几天,等下次见面的时候,你再还我,或者简直永久地请你保管过去也好。"

文朴手里拿了烟盒,和他朋友一边谈话,一边走回汽车停着的地方去。他的朋友因为午后有一位外国小姐招他去吃茶,所以于这时候一个人坐汽车出来的。外国小姐的住宅,去此地也不远了。到了汽车旁边,他朋友又强要文朴和他一块儿去,文朴执意不肯,他的朋友也就上车向前开了。开了两步,他朋友又止住了车,回头来叫文朴说:

"烟盒的夹层里,还有几张票子在那里,请你先用——"

话还没有说完,他的汽车却突突的飞奔了过去。文朴呆呆的向西站住了脚,只见夕阳影里起了一层透明灰白的飞尘,汽车的响声渐渐地幽下去,汽车的影子也渐渐地小下去了。

二

　　文朴的朋友，本来是英国伦敦大学的毕业生，回国以后，就在北京××银行当会计主任。朋友的父亲，也是民国以来，许多总长中间的一个。在北京的时候，文朴常和他上胡同里去玩，因此二人的交情，一时也很亲密。不过文朴自出京上××城以来，半年多和他还没有通过一封信，这一次忽然相逢，在夕阳将晚的途中，又在人事常迁的上海，照理文朴应该是十分的喜悦，至少也应该和他在这十里洋场里大喝大闹的玩几天的，但是既贫且病的文朴，目下实在没有这样的兴致了。

　　文朴慢慢地走近寓所的时候，短促的冬日，已将坠下山去了，西边的天上，散满了红霞。他寓所附近的街巷里，也满挤着了些从学校里回家的小孩和许多从××书局里散出来的卖知识的工人。天空中起了寒风，从他的脚下，吹起了些泊拉丹奴斯的败叶和几阵灰土来，文朴的心里，不知不觉的感着了一种日暮的悲哀，就在街上的寒风里站住了。过了一会，看见对面油酒店里上了电灯，他也就轻轻地摸上他租在那里的那间前楼来，想倒在床上，安息一下，可是四面散放在那里的许多破旧的书籍，和远处不知何处飞来的一阵嘈杂的市声,使他不住地回忆到少年时候的他故里的景象上去。把怀中的铁表拿出来一看,去六点钟尚有三刻多钟,又于无意之中,把他朋友留给他的银盒打开来看时,夹层里,果然有五十余元的纸币插在里头。他的平稳的脑里忽而波动起来了。不待第二次的思索,他就从床上站了起来,换了几件衣服,匆促下楼,一雇车就跑上沪宁火车站去赶乘杭州的夜快车去。

三

在刻版的时间里夜快车到了杭州,又照刻版的样子下了客店,第二天的傍午,文朴的清影,便在倒溯钱塘江而上的小汽船上逍遥了。

富春江的山水,实在是天下无双的妙景。要是中国人能够稍为有点气魄,不是年年争赃互杀,那么恐怕瑞士一国的买卖,要被这杭州一带的居民夺尽。大家只知道西湖的风景好,殊不知去杭州几十里,逆流而上的钱塘江富春江上的风光,才是天下的绝景哩!严子陵的所以不出来做官的原因,一半虽因为他的夫人比阴丽华还要美些,然而一大半也许因为这富春江的山水,够使他看不起富贵神仙的缘故。

　　一江秋水，依旧是澄蓝澈底。两岸的秋山，依旧在袅娜迎人。苍江几曲，就有几簇苇丛，几湾村落，在那里点缀。你坐在轮船舱里，只须抬一抬头，劈面就有江岸乌桕树的红叶和去天不远的青山向你招呼。

　　到上海之后，吐血吐了一个多月，豪气消磨殆尽，连伸一个懒腰都怕背脊骨脱损的文朴，忽而身入了这个比图画还优美的境地，也觉得胸前有点生气回复转来了。

　　他斜靠着栏杆，举头看看静肃的长空，又放眼看看四面山上的浓淡的折痕，更向清清的江水里吐了几口带血的浓痰，就觉得当年初从外国回来的时候的兴致，又勃然发作了。但是这一种童心的来复，也不过是暂时的现象，到了船将要近他的故里的时候，他的心境，又忽而灰颓了起来。他想起了几百年来的传习紧围着的他的家庭，想起了年老好管闲事的他的母亲，想起了乡亲的种种麻烦的纠葛，就不觉打了几个寒噤，把头接连向左右摇了好几次。

　　小汽船停了几处，江上的风景，也换了几回，他在远地的时候，总日夜在想念，而身体一到，就要使他生出恐怖和厌恶出来的故乡近在目前了。汽笛叫了一声，转过山嘴，就看得见许多纵横错落紧叠着的黑瓦白墙的房屋，沿江岸围聚在那里。计算起来，这城里大约也有三四千家人家的光景。靠江岸一带，样子和二三十年前一样，无论哪一块石头，哪一间小屋，文朴都还认得。虽则是正午已过，然而这小县城里，仿佛也有几家迟起的人家，有几处午饭的炊烟，还在晴空里缭绕。

文朴脸上，仍复是含了悲凉的微笑，在慢慢的跟着了下船的许多人，走上码头，走回家去。文朴的家，本来就离船码头不远，他走到了家，从后门开了进去，只有他的一位被旧式婚姻所害，和他的哥哥永不同居的嫂嫂，坐在厨房前的偏旁起坐室里做针线。

"啊！三叔，你回来了么？"

她见了文朴，就这样带着惊喜的叫了起来。文朴对她只是笑笑，略点了一点头，轻咳了几声，他才开始问嫂嫂说："我娘呢？"

"上新屋去监工去了。"她一边答应，一边就站起来往厨下去烧茶和点心去。文朴坐着的这间起坐室，本来就在厨房前头，只隔了一道有门的薄板壁，所以他嫂嫂虽在起火烧茶，同时也可和文朴接谈。文朴从嫂嫂的口中，得听了许多家里的新造房屋等近事，一边也将他自己这几个月的生活，和病状慢慢的报告了出来。

"北京的三婶,好么?"

这系指去年刚搬出去住在北京的文朴的女人说的,她们妯娌两个,从去年不见以后,相隔也差不多有一年了。文朴听了他嫂嫂的这一问,忽而惊震了一下。因为他自从××大学被逐,逃到上海之后,足有两个多月,还没有接到他女人的一封信过。他想到了在北京的一家的开销,和许久没有钱汇回去的事情,面上竟现出了一层惨淡的表情来。幸而他嫂嫂在厨下,看不出他的面色,所以停了一会,他才把国内战争剧烈,信息不通的事情说了。

半天的兴奋,使文朴于喝了几口茶,吃了一点点心之后,感到了疲倦,就想上楼去睡去。那楼房本来是他和他女人还住在家里的时候的卧室。结婚也在这一间房里结的。他成年的飘流在外头,他的女人活守着空闺,白天侍候他的母亲,晚上一个人在灯下抱了小孩洒泪的痕迹,在灰黑的墙壁上,坍败的器具上,和庞大的木床上,处处都可以看得出来。文朴看看这些旧日经他女人用过的器具,和壁上还挂在那里的一张她的照相,心里就突然的酸了起来。他痴坐在床沿上,尽在呆看着前面的玻璃窗外的午后的阳光,把睡魔也驱走了。他觉得和他那可怜的女人是永也不能再见,而这一间空房,仿佛是她死后还没有人进来过的样子。一层冷寞的情怀和一种沉闷的氛围气,重重的压上他的心来了。

四

　　文朴在那间卧房里呆呆的坐在那里出神,不晓得经了好久,他才听见楼下仿佛是他母亲回来的样子,嫂嫂在告诉她说:

　　"三叔回来了,睡在楼上。"

　　文朴听了,倒把心定了一定,叹了一口气,就从他的凄切的回忆世界里醒了过来。上面装着了他特有的那种悲凉的笑容,他就向楼下叫了一声"娘!"这时候他才知道冬天的一日已经向晚,房内有点黝黑起来了。

　　走下了楼,洗了手脸,还没有坐下,他母亲就问他这一回有没有钱带回来。他听了又笑了一笑对她说:

　　"钱倒是有的,可是还存在银行里。"

　　"那么可以去取的呀!"

　　"这钱么,只有人家好取,而我自家是取不动的,哈哈……"

　　文朴强装的笑了半面,看看他母亲的神气不对,就沉默了下去。

　　晚饭的时候,文朴和他的母亲,在洋灯下对酌。他替母亲斟上了几杯酒之后,她的脾气又发了。

　　"朴吓朴,你自家想想看,我年纪也老了……你在外边挣钱挣得很多,我哪里看见你有一个钱拿回来过?……你自己也要做父母的,倘使你培植了一个儿女,到了挣钱的时候把你丢开,你心里好过不好过?……你爸爸死的时候……你还是软头猫那么的一只!……你这一种情节,这一种情节,大约,大约总不在那里回想想看的吧!……"

文朴还只是含了微笑,一声也不响,低了头,拼命的在喝酒,一边看见他母亲的酒杯干了,他就替她斟上,她一边喝,一边讲的话更加多起来了:

"朴吓朴,我还有几年好活?人有几个六十岁?……你……你有对你老婆的百分之一的心对待我,怕老天爷还要保佑你多挣几个钱哩!……"

文朴这时候酒也已经有点醉了,脸上的笑容,渐渐的收敛了起来,脸色也有点青起来了。他额上的一条青筋涨了出来,两边脸上连着太阳窝的几条筋,尽在那里抽动。他母亲还在继续她的数说:

"朴吓朴,你的儿子,可以不必要他去读书的……我在痛你吓,我怕你将来把儿子培植大了之后,也和我一样的吃苦吓!……你的女人……"

文朴听见她提起了他的女人来,心里也无端的起了一种悲感,仿佛在和他对酌的,并不是他的母亲,她所数说的,也并不是他自己的事情。他只觉得面前有一个人在那里说,世上有怎样怎样的一个男人和怎样怎样的一个女人,在那里受怎样怎样的生离之苦。将这一对男女受苦的情形,确凿的在心眼上刻画了一会,他忽而哇的一声哭了出来,被自家的哭声惊醒了醉梦,他便举目看了他母亲一眼。从珠帘似的眼泪里看过去,他只见了许多从泪珠里反映出来的灯火,和一张小小的,皱纹很多的母亲的歪了的脸。他觉得他的老母,好像也受了酒的熏蒸,在那里哭泣。从座位里站了起来,轻轻走上他母亲的身边,他把一只手按在她的肩上,一只手拍着她的背,含了泪声,继续地劝慰她说:

"娘!好啦,……好啦,饭……饭冷了,……您吃饭,……您……您吃饭吧!……"

这时候他们屋外的狭巷里,正有一个更夫走过,在击柝声里,文朴听见铜锣镗镗的敲了两下。

一九二六年三月十六日

秋 河

一

"你要杏仁粥吃么?"

一个二十三四岁的很时髦的女人背靠了窗口的桌子,远远的问他说。

"你来!你过来我对你讲。"

他躺在铜床上的薄绸被里,含了微笑,面朝着她,一点儿精神也没有的回答她说。床上的珠罗圆顶帐,大约是因为处地很高,没有蚊子的缘故,高高搭起在那里。光亮射人的这铜床的铜梗,只反映着一条薄薄的淡青绸被,被的一头,映着一个妩媚的少年的缩小图,把头搁在洁白的鸭绒枕上。东面靠墙,在床与窗口桌子之间,有一个衣橱,衣橱上的大镜子里,空空的照着一架摆在对面的红木梳洗台,台旁有叠着的几只皮箱。前面是一个大窗,窗口摆着一张桌子，窗外楼下是花园，所以站在窗口的桌子前，一望能见远近许多红白的屋顶和青葱的树木。

那少年睡在床上，向窗外望去，只见了半弯悠悠的碧落，和一种眼虽看不见而感觉得出来的晴爽的秋气。她站在窗口的桌子前头，以这晴空作了背景，她的蓬松未束的乱发，鹅蛋形的笑脸，漆黑的瞳人，淡红绸的背心，从左右肩垂下来的肥白的两臂，和她脸上的晨起时大家都有的那一种娇倦的形容，却使那睡在床上的少年，发见了许多到现在还未曾看出过的美点。

他懒懒的躺在被里，一边含着微笑，一边尽在点头，招她过去。她对他笑了一笑，先走到梳洗台的水盆里，洗了一洗手，就走到床边上去。衣橱的镜里照出了她的底下穿着的一条白纱短脚裤，脚弯膝以下的两条柔嫩的脚肚，和一双套进在绣花拖鞋里的可爱的七八寸长的肉脚，同时并照出了自腰部以下至脚弯膝止的一段曲线很多的肉体的蠕动。

她走到了床边，就面朝着了少年，侧身坐下去。少年从被里伸出了一只嫩白清瘦的手来，把她的肩下的大臂捏住了。她见他尽在那里对她微笑，所以又问他说。

"你有什么话讲？"

他点了一点头，轻轻的说：

"你把头伏下来！"

她依着了他，就把耳朵送到他的脸上去，他从被里又伸出一只手来，把她的半裸的上体，打斜的抱住，接连的亲了几个嘴。她由他戏弄了一回，方才把身子坐起，收了笑容，又问他说：

"当真的你要不要什么吃，一夜没有睡觉，你肚里不饿的么？"

他只是微微的笑着，摇了一摇头说：

"我什么也不要吃，还早得很哩，你再来睡一忽罢！"

"已经快十点了，还说早哩！"

"你再来睡一忽罢！"

"呸！呸！"

这样的骂了一声，她就走上梳洗台前去梳理头发去了。

少年在被里看了一忽清淡的秋空，断断续续的念了几句"……七尺龙须新卷席，已凉天气未寒时。……水晶帘卷近秋河。……"诗，又看了一忽她的背影，和叉在头上的一双白臂，糊糊涂涂的问答了几声：

"怎么不叫娘姨来替你梳？"

"你这样睡在这里，叫娘姨上来倒好看呀！"

"怕什么？"

"哪里有儿子扒上娘床上来睡的？被她们看见，不要羞死人么？"

"怕什么？"

他啊啊的开了口，打了一个呵欠，伸了一伸腰，又念了一句"水晶帘下看梳头"就昏昏沉沉的睡着了。

二

上海法界霞飞路将尽头处，有折向北去的一条小巷；从这小巷口进去三五十步，在绿色的花草树木中间，有一座清洁的三层楼的小洋房，躺在初秋晴快的午前空气里。这座洋房是K省吕督军在上海的住宅。

英明的吕督军从马弁出身，费尽了许多苦心，才弄到了现在的地位。他大约是服了老子知足之戒，也不想再升上去作总统，年年坐收了八九十万的进款，尽在享受快乐。

他的太太，本来是他当标统时候的上官协统某的寡妹，那时候他新丧正室，有人为他掇合，就结了婚；结婚没有几个月她便生下了一个小孩，他也不晓得这小孩究竟是谁生的，因为协统家里出入的人很多，他不能指定说是何人之子。并且协统是一手提拔他起来的一个大恩人，他虽则对他的填亡正室心里不很满足，然以功名利禄为人生第一义的吕标统，也没有勇气去追搜这些丑迹，所以就猫猫虎虎把那小孩认作了儿子；其实他因为在山东当差的时候，染了恶症，虽则性欲本能尚在，生殖的能力，却早失掉了。

十几年的战乱，把中国的国脉和小百姓，糟得不成样子。但吕标统的根据，却一天一天的巩固起来；革命以后，他逐走了几个上官，就渐渐的升到了现在的地位。在他陆续收买强占的女子和许多他手下的属僚的妻妾，由他任意戏弄的妇人中间，他所最爱的，却是一个他到 K 省后第二年，由 K 省女子师范里用强迫手段娶来的一个爱妾。

当时还只十九岁的她，因为那一天，督军要到她校里来参观，她就做了全校的代表，把一幅绣画围屏，捧呈督军。吕督军本来是一个粗暴的武夫，从来没有尝过女学生的滋味，那一天见了她以后，就横空的造了些风波出来，用了威迫的手段，半买半抢的终于把她收作了笼中的驯鸟；像这样的事情在文明的目下的中国，本来也算不得什么奇事。不过这一个女学生，却有些古风，她对吕督军始终总是冷淡得很。吕督军对于女人，从来是言出必从的人，只有她时时显出些反抗冷淡的态度来，因此反而愈加激起了他的钟爱。

吕督军在霞飞路尽处的那所住宅,也是为她而买,预备她每年到上海来的时候给她使用的。

今年夏天吕督军因为军务吃紧,怕有大变,所以着人把她送到上海来住,仰求外国人的保护;他自家天天在 K 省接发电报,劳心国事,中国的一般国民,对他也感激得很。

他的公子,今年已经十九岁了,吕督军于二年前派了两位翻译,陪他到美国去留学。他天天和那些美国的下流妇人来往,觉得有些厌倦起来了。所以今年暑假之前,他就带了两位翻译,回到了中国。他一到上海,在码头上等他,和他同坐汽车,接他回到霞飞路的住宅里来的,就是他的两年前已经在那里痴想的那位女学生的他的名义上的娘。

三

他名义上的母亲,当他初赴美国的时候,还有些对吕督军的敌意含着,所以对他亦没有什么特别的感情。并且当时他年纪还小,时常住在他的生母跟前。她与他的中间,更不得不生疏了。

那一天船到的前日,正是六月中旬很热的一天,她在霞飞路住宅里,接到了从船上发的无线电报,说他于明日下午到上海,她的心里还平静得很。第二天午后，她正闲空得无聊，吃完了午膳，在床上躺了一忽，觉得热得厉害，就起来换了衣服，坐了汽车上码头去接他，一则可以收受些凉风，二则也可以表示些对他的好意，除此之外，她的心里，实无丝毫邪念的。

她的汽车到码头的时候，船已靠岸了，因为上下的脚夫旅客乱杂得很，所以她也不下车来。她教汽车夫从人丛中挤上船去问讯去，过了一会，汽车夫就领了两个三十左右鼻下各有一簇短胡的翻译和一位潇洒的青年绅士过来。那青年绅士走到汽车边上，对她笑了一脸，就伸手出来捏她的手，她脸上红了一红，心里突突跳个不住，但是由他的冰凉皙白的那只手里，传过来的一道魔力，却使她恍恍惚惚的迷醉了一阵。回复了自觉意识，和那两个中年人应酬了几句，她就邀他进汽车来并坐了回家，行李等件，一齐交给了那两个翻译。

回家之后，在楼下客厅里坐了一回，她看看他那一副常在微笑的形容，和柔和的声气，忽而想起了两年前的他来，心里就感着了一种莫名其妙的亲热。

她自到了吕督军那里以后，被复仇的心思所激动，接触过的男人也不少了。但她觉得这些男人，都不过是肉做的机械。压在身上，虽觉得有些重力，坐在对面，虽时时能讲几句无聊的套语，可是那一种热烈动人的感情的电力,她却从来没有感到过。

现在她对了这一位洋服的清瘦的少年,不晓得如何,心里只是不能平静,好像有什么物事,要从头上吊下来的样子。

她和他同住在霞飞路的别宅,已经有半个多月了。有一天,吃过了晚饭,她和他坐了汽车,去乘了一回凉。在汽车里,他捏着了她的火热的手心,尽是幽幽的在诉说他在美国的生活状态。她和他身体贴着在一块,两眼只是呆呆的向着前头在暮色中沉沦下去的整洁修长的马路,马路两旁黑影沉沉的列树,和列树中微有倦意的蝉声凝视。她一边像在半睡状态里似的听着他的柔和的蜜语,一边她好像赤了身体,在月下的庭园里游步。

是初秋的晚上,庭园的草花,都在争最后的光荣,开满了红绿的杂花。庭园的中间有一方池水,池水中间站着一个大理石刻的人鱼,从她的脐里在那里喷出清凉的泉水来。月光洒满了这园庭,远处的树林,顶上载着银色的光华,林里烘出浓厚的黑影,寂静严肃的压在那里。喷水池的喷水,池里的微波,都反射着皎洁的月色,在那里荡漾,她脚下的绿茵和近旁的花草也披了月光,柔软无声的在受她的践踏。她只听见了些很幽很幽的喷水声音,而这淙淙的有韵律的声响又似出于一个跪在她脚旁,两手捧着她的裸了的腰腿的十八九岁的美少年之口。

她听了他的诉说，嘴唇颤动了一下，朝转头来对紧坐在她边上的他看了一眼，不知不觉就滚了两颗眼泪下来。他在黑暗的车里，看不出她的感情的流露，还是幽幽的在说。她就把手抽了一抽，俯向前去命汽车夫说：

"打回头去，我们回去罢！"

回到霞飞路的住宅，在二层楼的露台上坐定之后，她的兴奋，还是按捺不下。

时间已经晚了，外边只是沉沉的黑影。明蓝的天空里，淡映着几个摇动的明星，一阵微风，吹了些楼下园里的草花香味和隔壁西洋人家的比牙琴的断响过来。他只是默默的坐在一张小椅上吸烟，有时看天空，有时也在偷看她。她也只默默的坐在藤椅上在那里凝视灰黑的空处。停了一会，他把吃剩的香烟丢往了楼下，走上她的身边，对她笑了一笑，指着天空的一条淡淡的星光说：

"那是什么？"

"那是天河！"

"七月七怕将到了罢？"

她也含了微笑，站了起来。对他深深的看了一眼，她就走进屋里去，一边很柔和的说：

"冰果已经凉透了，还不来吃！"

他就接紧的跟了她进去。她走到绿纱罩的电灯下的时候，站住了脚，回头来想看他一眼，说一句话的，接紧跟在她后面的他，突然因她站住了，就冲上了前，扑在她的身上，她的回转来的侧面，也正冲在他的嘴上。他就伸出了左右两手，把她紧紧的抱住了。她闭了眼睛，把身体紧靠着他，嘴上只感着了一道热味。她的身体正同入了熔化炉似的，把前后的知觉消失了的时候，他就松了一松手，拍的一响，把电灯灭黑了。

十二年旧历七月初五

十三夜

　　那一年，我因为想完成一篇以西湖及杭州市民气质为背景的小说的缘故，寄寓在里湖惠中旅馆的一间面湖的东首客室里过日子。从残夏的七月初头住起，一直住到了深秋的九月，日子一天一天的过去了，而我打算写的那篇小说，还是一个字也不曾着笔。或跑到旗下去喝喝酒，或上葛岭附近一带去爬爬山，或雇一只湖船，教它在南北两峰之间的湖面上荡漾荡漾，过日子是很快的，不知不觉的中间，在西湖上已经住了有一百来天了。在这一百来天里，我所得到的结果，除去认识了一位奇特的画家之外，便什么事情也没有半点儿做成。

　　我和他的第一次的相见，是在到杭州不久之后的一天晴爽的午后。这一天的天气实在是太美满了，一个人在旅馆的客室里觉得怎么也坐守不住。早晨从东南吹来的微风，扫净了一天的云翳，并且眩目的太阳光线，也因这太空的气息之故而减轻了热度。湖面上的山色，恰当前天新雨之后，绿得油润得可怜，仿佛是画布上新画未干的颜料。而两堤四岸间的亭台桥墅，都同凸面浮雕似的点缀在澄清的空气和蔚蓝的天光水色之中。

我吃过了午饭，手里头捏弄着剔牙的牙签，慢慢地从里湖出来，一会儿竟走到了西泠桥下。在苏小坟亭里立了一回，接受了几阵从湖面上吹来的凉风，把头上的稍微有点湿润的汗珠揩了一下，正想朝东走过桥去的时候，我的背后却忽而来了一只铜栏小艇，那个划船的五十来岁的船家，也实在是风雅不过，听了他那一句兜我的言语，我觉得怎么也不能拂逆他的盛意了。他说：

"先生：今天是最好的西湖七月天，为什么不上三潭印月去吃点莲蓬雪藕？"

下船坐定之后，我也假装了风雅，笑着对船家说：

"船家，有两句诗在这里，你说好不好，叫作'独立桥头闲似鹤，有人邀我吃莲蓬'。"

"你先生真是出口成章，可惜现在没有府考道考了，否则放考出来，我们还可以来领取你一二百钱的赏钱哩。"

"哈哈，你倒是一位封建的遗孽。"

"怎么不是呢？看我虽则是这么的一个船家，倒也是前清的县学童生哩！"

这样的说说笑笑，船竟很快的到了三潭印月了，是在三潭印月的九曲桥头，我在这一天的午后，就遇到了这一位画家。

船到三潭印月的北码头后，我就教船家将划子系好，同我一同上去吃莲蓬去。离码头走了几步，转了几个弯，远远的在一处桥亭角上，却有一大堆划船的船家和游人围住在那里看什么东西。我也被挑动了好奇心，顺便就从桥头走上了长桥，走到了那一处众人正在围观的地方。挨将近去一看，在众人的围里却坐着一位丰姿潇洒的画家，静静地在朝了画布作画。他的年龄我看不出来，因为我立在他的背后，没有看见他的面部。但从背形上看去，他的身体却是很瘦削的。头上不消说是一头长而且黑的乱发。他若立起身来，我想他的身长总要比一般人的平均高度高一二寸，因为坐在矮矮的三角架上的他的额部，还在我们四周立着围观者的肩胛之上。

我静静地立着，守视了他一会，并且将画上的景色和实物的自然比较对看了一阵。画布上画在那里的是从桥上看过去的一截堤柳，和一枝大树，并在树后的半角楼房。上面空处，就是水和天的领域，再远是很淡很淡的一痕远山城市的微形。

他的笔触，虽则很柔婉，但是并不是纤弱无力的；调色也很明朗，不过并不是浅薄媚俗的。我看我们同时代者的画，也着实看得不少了，可是能达到像他这样的调和谐整地截取自然的地步的，却也不多。所以我就立定了主意，想暂时站在那里，等他朝转头来的时候，可以看一看他的面貌。这一个心愿，居然在不意之中很快的就达到了，因为跟我上来立在我背后的那位船家似乎有点等得不耐烦起来的样子，竟放大了声音叫了我一声说：

"做诗的先生，我们还是去吃莲蓬去罢！"听到了这一声叫喊，围观者的眼睛，大家都转视到我们的身上来了，本来是背朝着了我们在那里静心作画的这一位画家，也同吃了一惊似的朝转了身来。我心里倒感到了一点羞臊和歉仄，所以就俯倒了头匆匆旋转身来，打算马上走开，可以避去众人的凝视。但是正将身体旋转了一半的时候，我探目一望，却一眼看见了这位画家的也正在朝向转来的侧脸。他的鼻子很高，面形是长方形，但是面色却不甚好。不晓是什么缘故，从我匆匆的一眼看来，觉得他的侧面的表情是很忧郁而不安定的，和他在画上表现在那里的神韵却完全是相反的样子。

和他的第一次的见面，就这样的匆匆走散了。走散了之后，我也马上就忘记了他。

过了两个礼拜，我依旧的在旅馆里闲住着，吸吸烟，喝喝酒，间或看看书，跑出去到湖上放放船。可是在一天礼拜六的下午，我却偶然间遇见了一位留学时代的旧友，地点是在西泠印社。

他本来是在省立中学里当图画教员的，当我初到杭州的时候，我也明晓得他是在杭州住着，但我因为一个人想静静里的先把那篇小说写好，然后再去寻访朋友，所以也并没有去看他。这一天见到了之后，在西泠印社里喝了一歇茶，他就约我于两个钟头之后，上西园去吃晚饭。

到了时间，我就从旅馆坐了一乘黄包车到旗下去。究竟是中元节后了，坐在车上只觉得襟袖之间暗暗地袭来有一阵阵的凉意。远远看到的旗营的灯火，也仿佛是有点带着秋味，并不觉得十分热闹的样子。

在西园楼上吃晚饭的客人也并不多，我一走上三楼的扶梯，就在西面临湖的桌上辨出了我那位朋友的形体来。走近前去一看，在我那位朋友的对面，还有一位身材高高，面形瘦削的西装少年坐着。

我那位朋友邀我入座之后，就替我们介绍了一番，于是我就晓得这一位青年姓陈，是台湾籍，和我那位朋友一样，也是上野美术学校洋画科的出身。听到了这一个履历，我就马上想起了十几天前在三潭印月看见过的那一位画家。他也放着炯炯的目光，默默地尽在看我的面部。我倒有点觉得被他看得不自在起来了，所以只好含了微笑，慢慢地对他说：

"陈君，我们是在三潭印月已经见过面了，是不是？"

到此他才改转了沉默呆滞的面容，笑着对我说：

"是的，是的，我也正在回想，仿佛是和你在什么地方已经见过面似的。"

他笑虽则在笑，但是他的两颗黑而且亮的瞳神，终是阴气森森地在放射怕人的冷光，并且在他的笑容周围，看起来也像是有一层莫名其妙的凄寂味笼罩在那里的神气。把他的面部全体的表情，总括起来说一句的话，那他仿佛是在疑惧我，畏怕我，不敢接近前来的样子；所以他的一举一动，都带有些不安定，不自在的色彩。因此他给我的这最初的印象，真觉得非常之坏。我的心里，马上也直接受了他的感染，暗暗里竟生出了一腔无端的忧郁。

但是两斤陈酒，一个鲩鱼，和几盘炒菜落肚之后，大家的兴致却好起来了。我那位朋友，也同开了话匣子一样，言语浑同水也似的泛流了出来。画家陈君，虽只是沉默着在羞缩地微笑，时或对我那位朋友提出一两句抗议和说明，但他的态度却比前更活泼自然，带起可爱的样子来了。

"喂，老陈，你的梦，要到什么时候才醒？"

这是我那位朋友取笑他的一大串话的开端。

"你的梦里的女人,究竟寻着了没有?从台湾到东京,从东京到中国。到了这儿,到了这一个明媚的西湖边上,你难道还要来继续你学生时代的旧梦么?"

据我那位朋友之所说,则画家陈君在学生时代,就已经是一位梦想家了。祖籍是福建,祖父迁居在台湾,家境是很好的。然而日本的帝国主义,却压迫得他连到海外去留学的机会也没有。虽有巨万的不动产,然而财政管理之权,是全在征服者的日本人的手里,纵使你家里每年有二三万的收入,可是你想拿出一二万块钱到日本国境以外的地方来使用是办不到的。他好容易到了东京,进了日本国立的美术学校,卒了业,在二科展览会里入了选,博得了日本社会一般美术爱好者的好评,然而行动的不自由,被征服者的苦闷,还是同一般的台湾民众一样。于是乎他就不得不只身逃避到这被征服以前的祖国的中国来。逃虽则逃到了自由之邦的中国来了,可是他的精神,他的自小就被压迫惯的灵心,却已经成了一种向内的,不敢自由发展的偏执狂了;所以待人接物,他总免不了那一种疑惧的,踌躇的神气,所以到了二十八岁的现在,他还不敢结婚,所以他的追逐梦影的习惯,竟成了他的第二个天性。

"喂,老陈,你前回所见到的那一个女性,仍旧是你的梦想的产物,你知道么?西湖上哪里有这一种的奇装的女子?即使依你之说,她是一个尼庵的出家人罢,可是年轻的比丘尼,哪里有到晚上一个人出来闲走的道理?并且里湖一带,并没有一个尼庵,那是我所晓得的。假使她是照胆台附近的尼姑呢,那到了那么的时候,她又何以会一个人走上那样荒僻的葛岭山来?这完全是你的梦想,你一定是在那里做梦,真是荒唐无稽的梦。"

这也是由我那位朋友的嘴里前后叙述出来的情节,但是从陈君的对这叙述的那种欲说还休只在默认的态度看来,或者也许的确是他实际上经历过的艳遇,并不是空空的一回梦想。

情节是如此的:七月十三的晚上,月亮分外的清。陈君于吃完晚饭之后,一个人在高楼上看看湖心,看看山下的烟树人家,竟不觉多喝了一斤多的酒。夜愈深沉,月亮愈是晶莹皎洁了,他叫叫道菩萨没有回音,就一个人走下了抱朴庐来——他本来是寄寓在抱朴庐的楼上的——想到山下去买点水果来解解渴。但是一走下抱朴庐大门外的石阶,在西面的亭子里月光阴处,他忽儿看见了一位白衣的女人似的背影,伫立在那里看亭外面的月亮。他起初一看,还以为是自己的醉眼的昏花,在银灰的月色里错视出来的幻影,因而就立住了脚,擦了一擦眼睛。然而第二眼再看的时候,却是千真万真的事实了,因为这白衣人竟从亭檐阴处走向了月亮的光中。在她的斜平的白衣肩背上，他并且还看出了一排拖下的浓黑的头发来。他以为他自己的脚步声，已经被她听见，她在预备走下台阶，逃向山下去了，所以就屏住了气，尽立在那里守视着她的动静。她的面部是朝南向着山下的，他虽则去她有五六丈路，在她的背后的东北面的地方，然而从地势上说来，他所占的却是居高临下，完全可以守视住她的行动的位置。

她在亭前的月光里悠悠徘徊了一阵，又直立了下来不动了，他才感觉到了自己呆立在那里的危险，因为她若一旋转头来，在这皎洁的月光里，他的身体全部，是马上要被她看见的。于是乎他就急速伏下了身体，屏住气，提着脚，极轻极轻，同爬也似的又走下了两三级石级。从那一块地方，折向西去，爬过一块假山石头，他就可以穿出到亭子的北面，躲避上假山石和亭子的阴影中去的。这近边的地理，因为住得较久，他是再熟悉也没有的了，所以在这一方面他觉得很可以自信。幸而等他轻脚轻手地爬到了亭子北面的假山石下的时候，她的身体，还是直立在月光里没有动过。现在他和她的距离却只有二三丈的间隔了，只教把脖子伸一伸长，他可以看见得她清清楚楚。

她穿的是一件白色的同寝衣似的大袖宽身的长袍，腰把里束着一块也是白色的两边拖下的阔的东西。袍子和束腰的东西的材料，不是薄绸，定是丝绒，因为看过去觉得柔软得很，在明亮的月光里，并且有几处因光线屈折的关系，还仿佛是淡淡地在那里放光。

她的身材并不高，然而也总有中等的男子那么的尺寸，至于身体的肥瘠哩，虽看不得十分清楚，但从她的斜垂的两只肩膀，和束腰带下的一围肥突的后部看来，却也并不是十分瘦弱的。

她静静地尽在月光里立着，他躲在假山石后尽在观察她的姿态身体，忽而一枝树枝，淅沥沥沥地在他的头上空中折了掉下来了，她立刻就回转了头来，望向了他正在藏躲着的那一大堆黑影之中。她的脸部，于是也就被他看见了。全体是一张中突而椭圆的脸，鼻梁的齐匀高整，是在近代的东洋妇女中少见的典型。而比什么都还要使他惊叹的，是她脸上的纯白的肉色和雪嫩的肌肤。他麻醉倒了，简直忘记了自己在这一忽儿所处的地位，和在他面前的是一个娇羞怯弱的女性，从假山石后他竟把蹲伏在那里的身体立了直来，伸长了脖子，张大了眼睛，差不多是要想把她的身体全部生生地收入到他自己的两只眼眶里去的样子。

她向黑影里注视了一会，似乎也觉察到了，嫣然一笑，朝转了头，就从月光洒满的庭前石阶上同游也似的一级一级走下了山去。

他突然同受了雷声似的昏呆了一下，眼看着她的很柔软的身体从亭边走了下去,小了下去。等他恢复了常态,从躲藏处慌忙冲出,三脚两步,同猿猴一样跳着赶下石级来的时候,她的踪影却已经完全不见了。

"这一晚,我直到天明没有睡觉。葛岭山脚附近的庵院别墅的周围,我都去绕了又绕看了又看。但是四边岑寂,除了浓霜似的月光和团团的黑影以外,连蜡烛火的微光都看不到一点。上抱朴庐去的那一条很长的石级,上上下下我也不知上落了几多次。直到附近的晓钟动了,月亮斜近了天竺,我才同生了一场大病似的拖了这一个疲倦到将要快死的身体走回抱朴庐去。"

等我那位朋友,断断续续地将上面的那段情节说完了以后,陈君才慢慢的加上了这几句说出他当时的兴奋状态来的实话。同时他的脸上的表情,也率真紧张了起来,仿佛这一回的冒险,还是几刻钟以前的事情的样子。

这一晚我们谈谈说说,竟忘了时间的迟暮。直等到西园楼上的顾客散尽,茶房将远处的几盏电灯熄灭的时候,我们才付账起身。我那位朋友在西园的门口和我们别去,我和陈君两人就一道地坐车回转了里湖,这时候半规下弦的月亮,已经在东天升得有丈把高了。

自从这一回之后,陈君和我就算结成了朋友。我和他因为住处相近，虽不日日往来，然而有时候感到了无聊，我也着实上山去找过他好几次。

两人虽则说是已经相识了，可是我每次去看他，骤然见面，那一种不安疑惧的神气，总还老是浮露在他的面上，和初次在西园与他相见的时候差仿不多。非但如此，到了八月之后，他的那副本来就不大健康的脸色，越觉得难看了，青灰里且更加上了一层黑黝黝的死色。一头头发也长得特别的长，两只阴森森的大眼，因为他近来似乎加瘦了的原因，看起来越觉得凶猛而有点可怕。

我每次去看他，总劝他少用一点功，少想一点心事，请他有便有空，常到我的旅馆里来坐坐，但他终是默默地笑笑，向我点点头，似乎是轻易不敢走下山来的样子。

时间匆忙地过去了，我闲居在旅馆里，想写的那篇小说，终于写不上手。八月十三的那一天晚上，月光分外的亮，天空里一点儿云影也没有，连远近的星宿都不大看得清楚，我吃过晚饭，灭黑了电灯，一个人坐在房间外面的走廊上，抽着烟在看湖面的月华和孤山的树木。这样的静坐了好久，忽而从附近的地方听见了一声非常悲切，同半夜里在动物园边上往往听得见的那一种动物的啸声。已经是薄寒的晚上了，突然听到了这一声长啸，我的毛发竟不自觉地竦竖了起来。叫茶房来一问，才晓得附近的一所庙宇,今天被陆军监狱占领了去,新迁入了几个在入监中发了疯的犯人,这一声长啸,大约是疯人的叫唤声无疑。经了这一次突然的惊骇,我的看月亮的雅兴也没有了,所以老早就上了床,打算睡一睡足,明朝一早起来,就好动手写我的那篇小说。

大约是天也快亮了的早晨四五点之间的时候罢,我忽而从最沉酣的睡梦里被一阵敲门声惊醒了转来。糊里糊涂慌张着从被窝里坐起,我看见床前电灯底下,悄然站在还打着呵欠的茶房背后的,是一个鬼也似的青脸的男子。

急忙披上衣服,擦了一擦睡眼,走下床来,仔细再看的时候,我才认出了这头发披散得满头,嘴唇紫黑,衣裳纷乱,汗泥满身的,就是画家陈君。

"啊,陈,陈,陈君,你,你怎么了,弄成了这一个样子?"

我被他那一副形状所压倒,几乎说话都说不出来了。他也似乎是百感交集,一言难尽的样子,只摇摇头,不作一句答语。等领他进来的茶房,从我房间里退出去后,我看见他那双血丝涨满的眼睛闭了一闭,眼角上就涌出了两颗眼泪来。

我因为出了神呆立在那里尽在望他,所以连叫他坐下的话都忘记说了,看到了他的眼泪,才神志清醒了一下,就走上前去了一步,拉了他的冰阴冰阴同铁也似的手,柔和地对他说:

"陈君,你且坐下罢,有什么话,落后慢慢的再谈。"

拉他坐下之后,我回转身来,就从壁炉架上拿起了常纳华克的方瓶,倒了一杯给他。他一口气把杯干了,缓缓地吐出了一口长气,把眼睛眨了几眨,才慢慢地沉痛地对我说:

"我——今晚上——又遇见了她了!"

"噢!在这个时候么?"

听了他的话,我倒也吃了一惊,将第二杯威士忌递给他的时候,自然而然地这样反问了他一句。他摇摇头,将酒杯接去,一边擎着了酒,一边张大眼睛看着我对我说:

"不,也是同上回一样的时候,在一样的地方。——因为吃完晚饭,我老早就埋伏在那里候她了,所以这一回终于被我擒住了她的住处。"

停了一停,喝完了第二杯威士忌他又慢慢地继续着说:

"这一回我却比前回更周到了,一看见她走上了石级,在亭前立下的时候,我就将身体立了直来,作了一个无论在哪一刻时候,都可以跑上前去的预备姿势。果然她也很快的注意到我了,不一忽就旋转了身,跑下了石阶,我也紧紧地追了上去。到了山下,将拐弯的时候,她似乎想确定一下,看我在不在她的后面跟她了,所以将头朝转来看了一眼。一看见我,她的粉样的脸上,起初起了一层恐怖，随后便嫣然地一笑，还是同上回一样的那一种笑容。我着急了，恐怕她在这一个地方，又要同前回一样，使出隐身的仙术来，所以就更快的向前冲上了两步。她的脚步也加上了速度，先朝东，后向南，又朝东，再向北，仍向西，转弯抹角的跑了好一段路，终于到了一道黄泥矮墙的门口。她一到门边，门就开了，进去之后，这门同弹簧似的马上就拔单地关闭得紧紧。我在门外用力推了几下，那扇看去似乎是并不厚的门板，连松动都不松动一动。我急极了，没有法子，就尽在墙外面踱来踱去的踏方步，踏了半天，终于寻出了一处可以着脚的地方，我不问皂白，便挺身爬上了那垛泥墙。爬在墙头上一看，墙里头原来是一个很大的院子，院子里有不少的树木种在那里。一阵风来，哼得我满身都染了桂花的香气，到此我的神经才略略清醒了一下，想起了今晚上做的这事情，自己也觉得有点过分。但是回想了想，这险也已经冒了一半了，一不做二不休，索性进去罢，进去好看它一个仔细。于是又爬高了一步，翻了一个筋斗，竟从墙外面进到了那座广漠无边的有桂花树种在那里的园里。在这座月光树影交互的大庭园中，茫无头绪地走了好些路，才在树影下找出了一条石砌的小道来。不辨方向，顺路的走了一段，却又走回到了黄泥墙下的那扇刚才她走进来的门边了。旋转了身，再倒走转来，沿着这条石砌的小道，

迟桂花

又曲曲折折地向前走了半天，终于被我走到了一道开在白墙头里的大门的外面。这一道门，比先前的那一扇来得大些，门的上面，在粉白的墙上却有墨写的'云龛'两个大字题在那里。这两个字，在月光底下看将起来，实在是写得美丽不过，我仰举着头，立在门下看了半天方才想起了我现在所到的是什么地方。呵，原来她果然不出我之所料，是这里尼庵里的一个姑子，我心里在想：可是我现在将怎么办呢？深更半夜，一个独身野汉闯入到了这尼庵的隐居所里来，算是怎么一回事？敲门进去么？则对自己的良心，和所受的教育，实在有点过意不去。就此回去么？则盼待了一月，辛苦了半夜的全功，将白白地尽弃了。正在这一个进退两难，踌躇不决的生死关头，忽然噢噢的一声从地底里涌出来似的，非常悲切的，也不知是负伤的野兽的呢或人类的苦闷的鸣声，同枪弹似的穿入了我的耳膜，震动了我的灵魂，我自然而然地遍身的毛发都竦竖了起来。这一声山鸣谷应的长啸声过后，便什么响动都没有了。月光似乎也因这一声长啸而更加上了一层凄冷的洁白，本来是啾啾唧唧在那里鸣动的秋虫，似乎也为这啸声所吓退，寂然地不响了。我接连着打了好几个寒颤，举起脚就沿了那条原来的石砌小道退避了出来。重新爬出了泥墙，寻着了来路，转弯抹角，走了半天。等我停住了脚，抬起头来一看，却不知如何的，已经走到了你停留在这里的这旅馆的门前了。"

说完之后,他似乎是倦极了,将身体往前一靠,就在桌子上伏靠了下去。我想想他这晚上的所遇,看看他身上头上的那一副零乱的样子,忽然间竟起了一种怜惜他的心情,所以就轻轻地慰抚似的对他说:

"陈君,你把衣服脱下,到床上去躺一忽罢。等天亮了,我再和你上那尼庵的近边去探险去。"

他到此实在也似乎是精神气力都耗尽了,便好好地听从了我的劝导,走上了床边,脱下衣服睡了下去。

他这一睡,睡到了中午方才醒转,我陪他吃过午饭,就问他想不想和我一道再上那尼庵附近去探险去。他微笑着,摇摇头,又回复了他的平时的那一种样子。坐不多久,他就告了辞,走回了山去。

此后,将近一个月间,我和他见面的机会很少,因为一交九月,天气骤然凉起来了,大家似乎都不愿意出门走远路,所以这中间他也不来,我也没有上山去看他。

到了九月中旬,天气更是凉得厉害了,我因为带的衣服不多,迫不得已,只好仍复转回了上海。不消说那篇本来是打算在杭州写成的小说,仍旧是一个字也不曾落笔。

迟桂花

　　在上海住了几天，又陪人到普陀去烧了一次香回来，九月也已经是将尽的时候了。我正在打算这一个冬天将上什么地方去过的时候，在杭州省立中学当图画教员的我那位朋友，忽而来了一封快信，大意是说：画家陈君，已在杭州病故，他生前的知友，想大家集合一点款子拢来，为他在西湖营葬。信中问我可不可以也出一份，并且问我会葬之日，可不可以再上杭州去走一趟，因为他是被日本帝国主义压迫致死的牺牲者，丧葬行列弄得盛大一点，到西湖的日本领事馆门前去行一行过，也可以算作我们的示威运动。

　　我横竖是在上海也闲着无事的，所以到了十月十二的那一天，就又坐沪杭车去到了杭州。第二天十月十三，是陈君的会葬日期。午前十时我和许多在杭州住家的美术家们，将陈君的灵柩送到了松木场附近的葬地之后，便一个人辞别了大家，从栖霞岭紫云洞翻过了山走到了葛岭。在抱朴庐吃了一次午餐，听了许多故人当未死前数日的奇异的病症，心里倒也起了一种兔死狐悲的无常之感。下午两点多钟，我披着满身的太阳从抱朴庐走下山来的时候，在山脚左边的一处小坟亭里，却突然间发现了一所到现在为止从没有注意到过的古墓。踏将进去一看，一块墓志，并且还是我的亲戚的一位老友的手笔。这一篇墓志铭，我现在把它抄在下面：

明杨女士云友墓志铭

明天启间,女士杨慧林云友,以诗书画三绝,名噪于西泠。父亡,孝事其母,性端谨,交际皆孀母出应,不轻见人,士林敬之。同郡汪然明先生,起坛坫于浙西,刳木为舟,陈眉公题曰"不系园",一时胜流韵士,高僧名妓,觞咏无虚日,女士时一与焉,尤多风雅韵事。当是时,名流如董思白、高贞甫、胡仲修、黄汝亨、徐震岳诸贤,时一诣杭,诣杭必以云友执牛耳。云友至,检裙抑袂,不轻与人言笑,而人亦不以相飓,悲其遇也。每当酒后茶余,兴趣洒然,遽拈毫伸绢素,作平远山水,寥寥数笔,雅近云林,书法二王,拟思翁,能乱其真,拾者尊如拱璧。或鼓琴,声韵高绝,常不终曲而罢,窥其旨,亦若幽忧丛虑,似有茫茫身世,俯仰于无穷者,殆古之伤心人也。逝后,汪然明辈为营葬于葛岭下智果寺之旁,覆亭其上,榜曰"云龛"。明亡,久付荒烟蔓草中。清道光朝,陈文述云伯修其墓,著其事于西泠闺咏。至笠翁传奇,诬不足信。光绪中叶,钱塘陆韬君略慕其才,围石竖碑。又余十稔，为中华民国七年，夏四月，陆子与吴兴顾子同恩联承来游湖上，重展其墓。顾子之母周夫人慨然重建云龛之亭，因共匄其友夔门张朝墉北墙，铭诸不朽。铭曰：

　　兰麝之生，不择其地，气类相激，形神斯契。云友盈盈，溷彼香尘，昙华一现，玉折芝焚。四百余年，建亭如旧，百本梅花，萦拂左右。近依葛岭，远对孤山，湖桥春社，敬迓骖鸾。

蜀东张朝墉撰并书

一九三〇年十月一日

东梓关

　　一夜北风,院子里的松泥地上,已结成了一层短短的霜柱,积水缸里,也有几丝冰骨凝成了。从长年漂泊的倦旅归来,昨晚上总算在他儿时起居惯的屋栋底下,享受了一夜安眠的文朴,从楼上起身下来,踏出客堂门,上院子里去一看,陡然间却感到了一身寒冷。

　　"这一区江滨的水国,究竟要比半海洋性的上海冷些。"

　　瞪目呆看着晴空里的阳光,正在这样凝想着的时候,从厨下刚走出到客堂里来的他那年老的娘,却忽而大声地警告他说:

　　"朴,一侵早起来,就站到院子里去干什么?今天可冷得很哩!快进来,别遭了凉!"

　　文朴听了她这仍旧是同二十几年前一样的告诫小孩子似的口吻,心里头便突然间起了一种极微细的感触,这正是有些甜苦的感触。眼角上虽渐渐带着了潮热,但面上却不能自已地流露出了一脸微笑，他只好回转身来，文不对题的对他娘说：

"娘！我今天去就是，上东梓关徐竹园先生那里去看一看来就是，省得您老人家那么的为我担心。"

"自然啦，他的治吐血病是最灵也没有的，包管你服几帖药就能痊愈。那两张钞票，你总收藏好了吧？要是不够的话，我这里还有。"

"哪里会得不够呢。我自己也还有着，您放心好了，我吃过早饭，就上轮船局去。"

"早班轮船怕没有这么早，你先进来吃点点心，回头等早午饭烧好，吃了再去，也还来得及哩。你脸洗过了没有？"

洗了一洗手脸，吃了一碗开水冲蛋，上各处儿时走惯的地方去走了一圈回来，文朴的娘已经摆好了四碗蔬菜，在等他吃早午饭了。短促的冬日，在白天的时候也实在短不过，文朴满以为还是早晨的此刻，可是一坐下来吃饭，太阳却早已经晒到了那间朝南的客室的桌前，看起来大约总也约莫有了十点多钟的样子了。早班轮船是早晨七点从杭州开来的，到埠总在十一点左右，所以文朴的这一顿早午饭，自然是不能吃得十分从容。倒是在上座和他对酌的他那年老的娘，看他吃得太快了，就又宽慰他说：

"吃得这么快干什么？早班轮赶不着，晚班的总赶得上的，当心别噎隔起来！"依旧是同二十几年前对小孩子说话似的那一种口吻。

刚吃完饭，擦了擦脸，文朴想站起来走了，他娘却又对他叮嘱着说：

"我们和徐竹园先生，也是世交，用不着客气的。你虽则不认得他，可是到了那里，今天你就可以服一帖药，就在徐先生的春和堂里配好，托徐先生家里的人代你煎煎就对。……"

"好，好，我晓得的。娘，您慢用吧，我要走了。"

正在这个时候，轮船报到的汽笛声，也远远地从江面上传了过来。

这小县城的码头上，居然也挤满了许多上落的行旅客商和自乡下来上城市购办日用品的农民，在从码头挤上船去的一段浮桥上，文朴也遇见了许多儿时熟见的乡人的脸。汽笛重叫了一声，轮船离埠开行之后，文朴对着渐渐退向后去的故乡的一排城市人家，反吐了一口如释重负似的深长的气。因为在外面漂泊惯了，他对于小时候在那儿生长，在旅途中又常在想念着的老巢，倒在感到一种莫名其妙的压迫。一时重复身入了舟车逆旅的中间，反觉得是回到了熟习的故乡来的样子。更况且这时候包围在他坐的那只小轮船的左右前后的，尽是些蓝碧的天，澄明的水，和两岸的青山红树,江心的暖日和风;放眼向四周一望,他觉得自己譬如是一只在山野里飞游惯了的鸟,又从狭窄的笼里飞出,飞回到大自然的怀抱里来了。

东梓关在富春江的东岸,钱塘江到富阳而一折,自此以上,为富春江,已经将东西的江流变成了南北的向道。轮船在途中停了一二处,就到了东梓关的埠头。东梓关虽则去县城只有三四十里路程,但文朴因自小就在外面漂流,所以只在极幼小的时候因上祖坟来过一次之外,自有确实的记忆以后却从还没有到过这一个在他们的故乡也是很有名的村镇。

江上太阳西斜了,轮船在一条石砌的码头上靠了岸,文朴跟着几个似乎是东梓关附近土著的农民上岸之后,第一就问他们,徐竹园先生是住在哪里的。

"徐竹园先生吗?就是那间南面的大房子!"

一个和他一道上岸来的农民在岸边站住了,用了他那只苍老曲屈的手指,向南指点了一下。

文朴以手遮着日光,举头向南一看,只看出了几家疏疏落落的人家,和许多树叶脱尽的树木来。因稻已经收割尽了,空地里草场上,只堆着一堆一堆的干稻草在那里反射阳光。一处离埠头不远的池塘里,游泳着几只家畜的鸭,时而一声两声的在叫着。

池塘边上水浅的地方，还浸着一只水牛，在水面上擎起了它那个两角峥嵘的牛头，和一双黑沉沉的大眼，静静儿的在守视着从轮船上走下来的三五个行旅之人。村子里的小路很多，有些是石砌的，有些是黄泥的，只有一条石板砌成的大道，曲折横穿在村里的人家和那池塘的中间，这大约是官道了。文朴跟着了那个刚才教过他以徐先生的住宅的农夫，就朝南顺着了这一条大道走向前去。

东梓关的全村，大约也有百数家人家，但那些乡下的居民似乎个个都很熟识似的。文朴跟了农夫走不上百数步路，却听他把自那里来为办什么事去的历史述说了一二十次，因为在路上遇见他的人，个个都以同样的话问他一句，而他总也一边前进，一边以同样的话回答他们，直到走上了一处有四五条大小的叉路交接的地方，他的去路似乎和文朴的不同了，高声一喊，他便喊住了一位在一条小路上慢慢向前行走的中老农夫，自己先说了一遍自何处来为办什么事而去的历史，然后才将文朴交托了他，托他领到徐先生的宅里，他自己就顺着大道，向前走了。

徐竹园先生的住宅，果然是近邻中所少见的最大的一所，但墙壁梁栋，也都已旧了，推想起来，大约总也是洪杨战后所筑的旧宅无疑。文朴到了徐家屋里，由那中老农夫进去告诉了一声，等了一会，就走出来了一位面貌清秀，穿长衫作学生装束的青年。

93

听取了文朴的自己介绍和来意以后，他就很客气地领他进了一间光线不十分充足的厢房。这时候的时刻虽则已进了午后，可是门外面的晴冬的空气，干燥得分外鲜明，平面的太阳光线，也还照耀得辉光四溢，而一被领进到了这一间分明是书室兼卧房的厢房的中间，文朴觉得好像已经是寒天日暮的样子了。厢房的三壁，各摆满了许多册籍图画，一面靠壁的床上陈设着有一个长方的紫檀烟托，和一盏小小的油灯。文朴走到了床铺的旁边，躺在床上刚将一筒烟抽完的徐竹园先生也站起来了。

"是朴先生么？久仰久仰。令堂太太的身体近来怎么样？请躺下去歇歇吧，轮船里坐得不疲乏么？彼此都不必客气，就请躺下去歇歇，我们可以慢慢的谈天。"

竹园先生总约莫有五十岁左右了，清癯的面貌，雅洁的谈吐，绝不像是一个未见世面的乡下先生。文朴和他夹着烟盘躺下去后，一边在看他烧装捏吸，一边也在他停烧不吸的中间，听取了许多关于他自己当壮年期里所以要去学医的由来。

东梓关的徐家，本来是世代著名的望族，在前清嘉道之际，徐家的一位豪富，也曾在北京任过显职，嗣后就一直没有脱过科甲，竹园先生自己年纪轻的时候，也曾做过救世拯民的大梦，可是正当壮年时期，大约是因为用功过了度，在不知不觉的中间，竟尔染上了吐血的宿疾，于是大梦也醒了，意志也灰颓了，翻然悔悟，改变方针，就于求医采药之余，一味的看看医书，试试药性，像这样的生活，到如今已经过了二十多年了。

"就是这一口烟……"

徐竹园先生继续着说：

"就是这一口烟，也是那时候吸上的。病后上的瘾，真是不容易戒绝，所以我劝你，要根本的治疗，还是非用药石不行。"

世事看来，原是塞翁之马，徐竹园先生因染了疾病，才绝意于仕进，略有余闲，也替人家看看病，自己读读书，经管经管祖上的遗产；每年收入，薄有盈余，就在村里开了一家半施半卖的春和堂药铺。二十年来，大局尽变，徐家其他的各房，都因为宦途艰险，起落无常之故，现在已大半中落了，可是徐竹园先生的一房，男婚女嫁，还在保持着旧日的兴隆，他的长子，已生下了孙儿，三代见面了。

文朴静躺在烟铺的一旁，一边在听着徐竹园先生的述怀，一边也暗自在那里下这样的结论；忽而前番引领他进来的那位青年，手里拿了一盏煤油灯走进了房来，并且报告着说：

"晚饭已经摆上了！"

徐竹园先生从床上立了起来，整整衣冠，陪文朴走上厅去的中间,文朴才感到了乡下生活的悠闲,不知不觉,在烟盘边一躺,却已经有三四个钟头飞驰过去了。丰盛的一餐夜饭吃完之后,自然的就又走回到了烟铺。竹园先生的兴致愈好了,饭后的几筒烟一抽,谈话就转到了书版掌故的一方面去。因为文朴也是喜欢收藏一点古书骨董之类的旧货的,所以一谈到了这一方面,他的精神,也自然而然地振作了一下。

竹园先生便取出了许多收藏的砖砚,明版的书籍,和傅青主[①]手写的道情卷册来给文朴鉴赏,文朴也将十几年来在外面所见过的许多珍彝古器的大概说给了徐先生听。听到了欧战期间巴黎博物院里保藏古物的苦心的时候,竹园先生竟以很新的见解,发表了一段反对战争的高论。为证明战争的祸患无穷,与只有和平的老百姓受害独烈的实际起见,他最后又说到了这东梓关地方的命名的出处。

东梓关本来是叫作"东指关"的,吴越行军,到此暂驻,顺流直下,东去就是富阳山嘴,是一个天然的关险,是以行人到此,无不东望指关,因而有了这一个名字。但到了明末,倭寇来侵,江浙沿海一带,处处都遭了蹂躏,这儿一隅,虽然处在内地,可

[①] 傅山(1607—1684),明末清初思想家、书法家、医学家。

是烽烟遍野,自然也民不安居。忽而有一天晚上,大兵过境,将此地土著的一位农民强拉了去。他本来是一个独子,父母都已经去世了,只剩下两位弱妹,全要凭他的力田所入,来养活三人的。哥哥被拉了去后的两位弱妹,当然是没有生路了,于是只有朝着东方她们哥哥被拉去的方向,举手狂叫,痛哭悲号,来减轻她们的忧愁与恐怖。这样的哭了一日一夜,眼睛里哭出血来了,突然间天上就起了狂风,将她们的哭声送到了她们哥哥的耳里。她们哥哥这时候正被铁链锁着,在军营里服牛马似的苦役。大风吹了一日一夜,他流着眼泪,远听她们的哭声也听了一日一夜。直到第三天的天将亮的时候,他拖着铁链,爬到了富春江下游的钱塘江岸,纵身一跳,竟于狂风大雨之中跳到了正在涨潮的大江心里。同时他的两位弱妹,也因为哭了二日二夜,眼睛里的血也流完了之故,于天将亮的时候在"东指关"的江边,跳到水里去了。第三天天晴风息,"东指关"的住民早晨起来一看,附近地方的树头,竟因大风之故,尽曲向了东方,当时这里所植的都是梓树,所以以后,地名就变作了东梓关。过了几天,潮退了下去,在东梓关西面的江心里,忽然现出了两大块岩石来。在这两大块岩石旁边,他们兄妹三人的尸体却颜色如生地静躺在那里,但是三人的眼睛,都是哭得红肿不堪的。

"那两大块岩石,现在还在那里,可惜天晚了,不能陪你去看……"

徐竹园先生慢慢地说:

"我们东梓关人,以后就把这一堆岩石称作了'姊妹山',现在岁时伏腊,也还有人去顶礼膜拜哩!战争的毒祸,你说厉害不厉害?"

将这一大篇故事述完之后,竹园先生就又大口的抽了两口烟,咕的喝了一口浓茶。点上一支雪茄,放到嘴里衔上了,他就坐了起来对文朴说:

"现在让我来替你诊脉吧!看你的脸色,你那病还并没有什么不得了的。"

伏倒了头,屏绝住气息,他轻一下重一下的替文朴按了约莫有三十分钟的脉,又郑重地看了一看文朴的脸色和舌苔,他却好像已经得到了把握似的欢笑了起来:

"不要紧,不要紧,你这病还轻得很呢!我替你开两个药方,一个现在暂时替你止血,一个你以后可以常服的。"

说了这几句话后,他又凝神展气地向洋灯注视了好几分钟,然后伸手磨墨,预备写下那两张药方来了。

这时候时间似乎已经到了夜半,沉沉的四壁之内,文朴只听见竹园先生磨墨的声音响得很厉害。时而窗外面的风声一动，也听得见一丝一丝远处的犬吠之声，但四面却似乎早已经是睡尽了。文朴一个人坐在竹园先生的背后，在这深夜的沉寂里静静的守视着他这种聚精会神的神气，和一边咳嗽一边伸纸吮笔的风情，心里头却自然而然的起了一种畏敬的念头。

"啊啊，这的确是名医的风度！"

文朴在心里想：

"这的确是名医的样子，我的病大约是有救药了。"

竹园先生把两个药方开好了，搁下了笔，他又重将药方仔细检点了一遍。文朴立起来走向了桌前，接过药方，就躬身道了个谢，旋转身又和竹园先生躺下在烟盘的两旁。竹园先生又抽了几口之后，厅上似乎起了一点响动，接着就有人送点心进来了，是热烘烘的一壶酒，四碟菜，两碗面。文朴因为食欲不佳，所以只喝了一杯酒就搁下了筷，在陪着竹园先生进用饮食的当中，他却忍不住地打了两个呵欠。竹园先生看见了，向房外叫了一声，白天的那位青年就走了进来，执着灯陪文朴进了一间小小的客房。

文朴睡不上几个钟头，窗外面已经有早起的农人起来了，一睡醒后，他第二觉是很不容易睡着的，撩起帐子来一看，窗外面似乎依旧是干燥的晴天。他张开眼想了一想，就匆匆地披衣着袜，起身走出了卧床。徐家的上下,除打洗脸水来的佣人之外,当然是全家还在高卧。文朴问佣人要了一副纸笔,向竹园先生留下了一张打扰告罪的字条,便从徐家走了出来。因为下水的早班轮船,是于八点前后经过东梓关埠头的,他就想乘了这班早班,重回到他老母的身边去,在徐家服药久住,究竟觉得有点不便。

屋外面的空气着实有点尖寒的难受,可是静躺在晴冬的朝日之下的这东梓关的村景,却给与了文朴以不能忘记的印象。

一家一家的瓦上,都盖上了薄薄的晨霜。枯树枝头,也有几处似金刚石般地在反射着刚离地平线不远的朝阳光线。村道上来往的人,并不见多,但四散着的人家烟突里,却已都在放出同天的颜色一样的炊烟来了。隔江的山影,因为日光还没有正射着的缘故,浓黑得可怕,但朝南的一面旷地里,却已经洒满了金黄的日色和长长的树影之类。文朴走到了江边,埠头还不见有一个候船的人在等着,向一位刚自江里挑了一担水起来的工人问了一声,知道轮船的到来,总还有一个钟头的光景。

文朴呆呆地在埠头立了几分钟,举头便向徐竹园先生的那所高大的房屋一望,看见他们的朝东的一道白墙头上,也已经晒上了太阳了。

"大约像他老先生那样舒徐浑厚的人物,现在总也不多了罢?这竹园先生,也许是旧时代的这种人物的最后一个典型!"

心里这样的想着,他脑里忽而想起了昨晚上所谈的一宵闲话。

"像这一种夜谈的情景,却也是不可多得的。龚定庵所说的'小屏红烛话冬心',趣味哪里有这样的悠闲隽永。"

"小屏——红烛——话——冬心!""小屏——红烛——话——冬心!"茫然在口里这样轻轻念了几句,他的面前,却忽而又闪出了一个年纪很轻的挑水的人来。那少年对他望了几眼,他倒觉得有点难为情起来了,踏上了一步,就只好借点因头来遮盖遮盖自己的那一种独立微吟的蠢相。

"小弟弟,要看姊妹山,应该是怎么样的走的?"

"只教沿着岸边,朝上直跑上去就对。"

"谢谢你!"

文朴说了这一句谢词,沿江在走向姊妹山去的中间,那少年还呆立在埠头的朝阳里,在默视着这位疯不像疯,痴不像痴的清瘦的中年人的背影。

一九三二年九月

逃 走

圆通庵在东山的半腰。前后左右参差掩映着的竹林老树,岩石苍苔等,都像中国古画里的花青赭石,点缀得虽很凌乱,但也很美丽。

山脚下是一条曲折的石砌小道,向西是城河,虽则已经枯了,但秋天的实实在在的一点芦花浅水,却比什么都来得有味儿。城河上架着一根石桥,经过此桥,一直往西,可以直达到热闹的 F 市的中心。

半山的落叶,传达了秋的消息,几日间的凉意,把这小小的 F 市也从暑热的昏乱里唤醒了转来,又是市民举行盂兰盆会的时节了。

这一年圆通庵里的盂兰盆会,特别的盛大,因为正和新塑的一尊韦驮佛像开光并合在一道。庵前墙上贴在那里的那张黄榜上写着有三天三夜的韦驮经忏和一堂大施饿鬼的平安焰口。

逃 走

新秋七月初旬的那天晴朗的早晨，交错在 F 市外的几条桑麻野道之上，便有不少的善男信女，提着香篮，套着黄袋，在赴圆通庵去参与胜会，其中尤以年近六十左右的老妇人为最多。

在这一群虔诚的信者中间，夹着在走的，有一位体貌清癯，头发全白，穿着一件青竹布衫蓝夏布裙，手里支着一支龙头木杖的老妇人。在她的面前，有一位十二三岁的清秀的孩子，穿了一件竹布长衫，提着香篮，在作她的先导。她似乎是本地的缙绅人家的所出，一路上来往的行人，见了她和她招呼问答的很多很多。她立住了脚在和人酬应的中间，前面的那小孩子，每要一个人远跑开去，这时候她总放高了柔和可爱的喉音叫着：

"澄儿啊！走得那么快干什么？"

于是被叫作澄儿者，总红着脸，马上就立下来静站在道旁等她慢慢的到来。

太阳已经很高了，野路上摇映着桑树枝的碎影。净碧的长空里，时时飞过一块白云，野景就立刻会变一变光线，高地和水田中间的许多绿色的生物，就会明一层暗一层的移动一回。树枝上的秋蝉也会一时噤住不响，等一忽再一齐放出声来。

这一次澄儿又被叫了，他就又静站在道旁的野草中间等她。可是等她慢慢的走到了他面前的时候，他却脸上露着了一脸不耐烦的神气，光着了他黑晶晶的两只大眼对她说：

"奶奶！你走得快一点罢，少和人家说几句话，我的两只手提香篮已经提得怪酸痛了。"

说着他就把左手提着的香篮换入了右手。他的奶奶——祖母——听了他这怨声，心里也似乎感到了痛惜他的意思，所以就作了满脸慈和的笑容安抚他说：

"乖宝，今天可难为你了。"

走到将近石桥旁边的三岔路口的时候，澄儿偶然举起头来，在南面的那条沿山的小道上，远远却看见了一位额上披着黑发，皮肤洁白，衣服很整洁的小姑娘也在向着到圆通庵去的大道上走。在这小姑娘前面走着的，他一眼看了就晓得是她家里的使唤丫头，后面慢慢跟着的，当然是她的母亲。澄儿的心跳跃起来了，脸上也立时涨满了血潮。他伏倒了头，加紧了脚步，拼命的往石桥上赶，意思是想跑上她们的先，追过她们的头，不被她们看见这一种窘状。赶走了十几步路，果然后面他的祖母又叫起他来了；这一回他却不再和从前一样的柔顺，不再静站在道旁等她了，因为他心里明明知道，祖母又在和陶家的寡妇谈天了，而这寡妇的女儿小莲英哩，却是使他感到窘迫的正因。

他急急的走着，一面在他昏乱的脑里，却在温寻他和莲英见面的前后几回的情景。第一次的看到莲英，他很明细地记着的，是在两年前的一天春天的午后。他刚从小学校放学出来，偶尔和几位同学，跑上了轮船码头，想打那里经过之后，就上东山前的雷祖殿去闲耍的，可是汽笛叫了两声，晚轮船正巧到了码头了，几位朋友就和他一齐上轮船公司的码头岸上去看了一回热闹。在这热闹的旅客丛中，他突然看见了这一位年纪和他相仿，头上梳着两只丫髻，皮肤细白得同水磨粉一样的莲英。他看得疯魔了，同学们在边上催他走，他也没有听到。一直到旅客走尽，莲英不知走向了什么地方去的时候，他的同学中间的一个，拉着他的手取笑他说：

"喂！树澄！你是不是看中了那个小姑娘了？要不要告诉你一个仔细？她是住在我们间壁的陶寡妇的女儿小莲英，新从上海她叔父那里回来的。你想她么？你想她，我就替你做媒。"

听到了这一位淘气同学的嘲笑，他才同醒了梦似的回复了常态，涨红了脸，和那位同学打了起来。结果弄得雷祖殿也没有去成，他一个人就和他们分了手跑回到家里来了。

自从这一回之后，他的想见莲英的心思，一天浓似一天，可是实际上的他的行动，却总和这一个心思相反。莲英的住宅的近旁，他绝迹不敢去走，就是平时常常进出的那位淘气同学的家里，他也不敢去了。有时候到了忍无可忍的时候，他就在昏黑的夜里，偷偷摸摸的从家里出来，心里头一个人想了许多口实，路线绕之又绕，捏了几把冷汗，鼓着勇气，费许多顾虑，才敢从她的门口走过一次。这时候他的偷视的眼里所看到的，只是一道灰白的围墙，和几口关闭上的门窗而已。可是关于她的消息，和她家里的动静行止，他却自然而然不知从哪里得来地听得十分的详细。他晓得她家里除她母亲而外，只有一个老佣妇和一个使唤的丫头。他晓得她常要到上海的她叔父那里去住的。他晓得她在F市住着的时候，和她常在一道玩的，是哪几个女孩。他更晓得一位他的日日见面，再熟也没有的珍珠，是她的最要好的朋友。而实际上有许多事情，他却也是在装作无意的中间，从这位珍珠那里听取了来的。不消说对珍珠启口动问的勇气，他是没有的，就是平时由珍珠自动地说到莲英的事情的时候，他总要装出一脸毫无兴趣绝不相干的神气来；而在心里呢，他却只在希望珍珠能多说一点陶家家里的家庭琐事。

　　第二次的和她见面，是在这一年的九月，当城隍庙在演戏的晚上。他也和今天一样，在陪了他的祖母看戏。他们的座位却巧在她们的前面，这一晚弄得他眼昏耳热，和坐在针毡上一样，头也不敢朝一朝转来，话也不敢说一句。昏昏的过了半夜，等她们回去了之后，他又同失了什么珍宝似的心里只想哭出来。当然看的是什么几出戏，和那一晚是什么时候回来的那些事情，他是茫然想不起来了。

第三次的相见，是去年的正月里，当元宵节的那一天早晨，他偶一不慎，竟跟了许多小孩，和一群龙灯乐队，经过了她的门口。他虽则在热闹乱杂之中瞥见了她一眼，但当他正行经过她面前的时候，却把双眼朝向了别处，装作了全没有看见她的样子。

"今天是第四次了！"他一边急急的走着，一边就在昏乱的脑里想这些过去的情节。想到了今天的逃不过的这一回公然的相见，他心里又起了一种难以名状的苦闷。"逃走罢！"他想，"好在圆通庵里今天人多得很，我就从后门逃出，逃上东山顶上去罢！"想定了这一个逃走的计策之后，他的脚步愈加走得快了。

赶过了几个同方向走去的香客，跑上山路，将近庵门的台阶的时候，门前站着的接客老道，早就看见了他了。

"澄官！奶奶呢？你跑得那么快赶什么？"

听到了这认识的老道的语声，他就同得了救的遇难者一样，脸上也自然而然的露了一脸笑容。抢上了几步，将香篮交给了老道，他就喘着气，匆促地回答说：

"奶奶后面就到了，香篮交给你，我要上山去玩去。"

迟桂花

　　这几句话还没有说完,他就挤进了庵门,穿过了大殿,从后面一扇朝山开着的小门里走出了庵院,打算爬上山去,躲避去了。
　　F市是钱塘江岸的一个小县城,市上倒也有三四千户人家。因为江流直下,到此折而东行,所以在往昔帆船来往的时候,F市却是一个停船暂息的好地方。可是现在轮船开行之后,F市的商业却凋敝得多了。和从前一样地清丽可爱的只是环绕在F市周围的旧日的高山流水。实在这F市附近的天然风景,真有秀逸清高的妙趣,决不是离此不远的浓艳的西湖所能比得上万分之一的。一条清澄彻底的江水,直泻下来,到F市而转换行程,仿佛是南面来朝的千军万马。沿江的两岸,是接连不断的青山,和遍长着杨柳桃花的沙渚。大江到岸,曲折向东,因而江心开畅,比扬子江的下流还要辽阔。隔岸的烟树云山,望过去飘渺虚无,只是青青的一片。而这前面临江的F市哩,北东西三面,又有蜿蜒似长蛇的许多山岭围绕在那里。东山当市之东,直冲在江水之中,由隔岸望来,绝似在卧饮江水的蛟龙的头部。满山的岩石,和几丛古树里的寺观僧房,又绝似蛟龙头上的须眉角鼻,各有奇姿,各具妙色。东山迤逦北延,愈进愈高,连接着插入云峰的舒姑山岭,兀立在F市的北面,却作了挡住北方烈悍之风的屏障。舒姑山绕而西行,像一具长弓,弓的西极,回过来遥遥与大江西岸的诸峰相接。

像这样的一个名胜的 F 市外,寺观庵院的毗连兴起原是当然的事情。而在这些南朝四百八十的古寺中间,楼台建筑得比较完美的,要算东山头上高临着江渚的雷祖师殿,和殿后的恒济仙坛,与在东山西面,靠近北郊的这一个圆通庵院。

树澄逃出了庵门,从一条斜侧的小道,慢慢爬上山去。爬到了山的半峰,他听见脚下庵里亭铜亭铜的钟磬声响了。渐爬渐高,爬到山脊的一块岩石上立住的时候,太阳光已在几棵老树的枝头,同金粉似的洒了下来。这时候他胸中的跳跃,已经平稳下去了。额上的珠汗,用长衫袖子来擦了一擦,他又回头来向西望了许多时候。脚下圆通庵里的钟磬之声,愈来愈响了,看将下去,在庵院的瓦上,更有几缕香烟,在空中飞扬缭绕,虽然是很细,但却也很浓。更向西直望,是一块有草树长着的空地,再西便是 F 市的万千烟户了。太阳光平晒在这些草地屋瓦和如发的大道之上,野路上还有络绎不绝的许多行人,如小动物似的拖了影子在向圆通庵里走来。更仰起头来从树枝里看了一忽茫苍无底的青空,不知怎么的一种莫名其妙的淡淡的哀思,忽然涌上了他的心头。他想哭,但觉得这哀思又没有这样的剧烈,他想笑,但又觉得今天的遭遇,并不是快乐的事情。一个人呆呆的在大树下的岩石上立了半天,在这一种似哀非哀,似乐非乐的情怀里惝恍了半天,忽儿听见山下半峰中他所刚才走过的小径上又有人语响了，他才从醒了梦似的急急跑进了山顶一座古庙的壁后去躲藏了。

这里本来是崎岖的山路，并且又径仄难行，所以除樵夫牧子而外，到这山顶上来的人原是很少。又因为几月来夏雨的浇灌，道旁的柴木，也已经长得很高了。他听见了山下小径上的人语，原看不出是怎样的人，也在和他一样的爬山望远的；可是进到了古庙壁后去躲了半天，也并没有听出什么动静来。他正在笑自己的心虚，疑耳朵的听觉的时候，却忽然在他所躲藏的壁外窗下，有一种极清晰的女人声气在说话了。

"阿香！这里多么高啊，你瞧，连那奎星阁的屋顶，都在脚下了。"

听到了这声音，他全身的血液马上就凝住了，脸上也马上变成了青色。他屏住气息，更把身子放低了一段，可以不使窗外的人看见听见，但耳朵里他却只听见自己的心脏鼓动得特别的响。咬紧牙齿把这同死也似的苦闷忍抑了一下，他听见阿香的脚步，走往南去了，心里倒宽了一宽。又静默挨忍了几分钟如年的时刻，他觉得她们已经走远了，才把身体挺直了起来，从瓦轮窗的最低一格里，向外望了出去。

他的预算大错了，离窗外不远，在一棵松树的根头，莲英的那个同希腊石刻似的侧面，还静静地呆住在那里。她身体的全部，他看不到，从他那窗眼里望去，他只看见了一头黑云似的短发和一只又大又黑的眼睛。眼睛边上，又是一条雪白雪白高而且狭的鼻梁。她似乎是在看西面市内的人家，眼光是迷离浮散在远处的，嘴唇的一角，也包得非常之紧，这明明是带忧愁的天使的面容。

　　他凝视着她的这一个侧面，不晓有多少时候，身体也忘了再低伏下去了，气息也吐不出来了，苦闷，惊异，怕惧，懊恼，凡一切的感情，都似乎离开了他的躯体，一切的知觉，也似乎失掉了。他只同在梦里似的听到了一声阿香在远处叫她的声音，他又只觉得在他那窗眼的世界里，那个侧面忽儿消失了。不知她去远了多少时候，他的睁开的两只大眼，还是呆呆的睁着在那里，在看山顶上的空处。直到一阵山下庵里的单敲皮鼓的声音，隐隐传到了他的耳朵里的时候，他的神思才恢复了转来。他撇下了他的祖母，撇下了他祖母的香篮，撇下了中午圆通庵里飨客的丰盛的素斋果实，一出那古庙的门，就同患热病的人似的一直一直的往后山一条小道上飞跑走了，头也不敢回一回，脚也不敢息一息地飞跑走了。

一九二八年九月作

蜃 楼

一

　　十二月初旬的一天晴暖的午后，沪杭特别快车误了钟点，直到两点多钟，才到杭州城站。这时候节季虽则已经进了寒冬，但江南一带的天气，还依旧是晴和可爱，所以从车站西边的栅门里走下来的许多旅客中间，有一位仿佛新自北方来的，服饰穿得很浓厚的中年绅士竟惹起了一般人的注意。他的身材瘦而且高，面貌清癯，头上戴着海龙皮帽，半开半扣地披在身上的，是一件獭皮圆领的藏青大氅，随着了许多小商人，闲惰阶级的妇女男子下了车，走下天桥，走出栅门的时候，他的皮帽皮衣，就招引了一群车夫和旅馆的接客者把他团团地围住。他操的是北方口音，右手提着一个黄色大皮箧，皮箧的面上底上，贴着许多张的外国轮船公司和旅馆的招纸，一见就可以知道他是经过海陆几千里路来的。

他立在车站前面的空地上,受了这一群人的包围,几乎一时决不定主意,究竟去投哪一家旅馆好,举起左手来遮住阳光,向四面了望了一周,他才叫一位立在他右侧的车夫,拉他上西湖边上去。

正是午后杭州市民上市的时候,街上来往的行人很多很杂,他躺在车上,行过荐桥大街,心里尽在替车夫担忧,怕冲倒了那些和平懒弱的居民。斜西的太阳,晒得厉害,天上也没有云翳,车正过青年会附近的一块地方,他觉得太暖了,随把大氅的纽扣解开,承受着自西北湖面上吹来的微风。

经过了浣纱路,要往西走向湖面上去了,车夫就问他究竟想上哪一家旅馆去?他迟疑了一会,便反问车夫,哪一家旅馆最好?车夫告诉他说:

"顶大的旅馆是西湖饭店和新新旅馆。"

"这两家旅馆中间,算哪一家好些?"

"西湖饭店不过是新开咯,两家的价钱,是差不多的。"

"那么就上西湖饭店去罢!"

在饭店门前下了车,他看看门外挂在那里的旅客一览表,知道这饭店里现在居停的客人并不多。他的孤寂的面上,不知不觉竟流露了一种很满足的表情出来。被招待进去，在一间靠西边对湖面开窗的房间里住下之后，茶房就拿了一张旅人单来叫他填写，他拿起那张单子，匆匆看了一遍，提起笔来便顺手把他的姓名籍贯年龄职业等写下了。陈逸群，北京，年三十岁，自上海来，为养病，职业无。茶房拿了出去，走不上几步，他忽而若有所思地皱眉想了一想，就立刻叫他回来，告诉他说：

"我这一回是来西湖养病的，若把名字写出去，怕有朋友来找我，麻烦不过，最好请你别把名字写在一览表上，知道么？"他说话的神气虽则很柔和，但当他说话时候的态度，却很有威严，所以茶房只答应了一声"是"就出去了。

洗了手脸，喝了几口茶，他把西面的窗子打开，随着和风映进来的，是午后阳光里的西湖山水。西北南三面，回环着一带的青山，山上有一点一丛的别墅禅林，很静寂，很明显的缀在那里。山下的树林，木叶还没有脱尽，在浅淡之中，就写出了一片江南的冬景。长堤一道，横界在湖心，堤前的矮树，树里的环桥，都同月下似的隐隐约约薄印在波头荡漾。湖面上有几只散漫的小艇，在那里慢慢地游行。近旁沿着湖塍，紧排着许多大小的游湖船只，大约是因为一年将尽了，游客萧条，几个划船者，拖长了颜面，仿佛都只在太阳光里，作懒噪的闲谈。他独自一个，懒懒地向窗外看了一眼，就回到床前的桌子上来，把他带来的皮箧打开来检点东西了。

皮箧里除平常更换的衣服之外，还有几册洋书，斜夹在帕拉多耳和牙膏牙刷等杂品的中间。他把一件天青的骆驼毛的棉袍拿出来换上，就把脱下来的大氅和黑羔皮的袍子，挂入东边靠墙的着衣镜柜里去。回头来又将房里桌上床上的东西整理了一下，拿了一本红色皮面的洋书，走向西边窗口坐下，正想开始阅读的时候，短促的冬日，已经贴近天竺山后的高峰，湖上的景物，也都带起日暮的浓紫色来了。

二

是上弦新月半规未满的时候，湖滨路上的行人车辆，在这黄昏影里，早已零落得同深宵一样。隔一条路的马路两旁，因为有几家戏园酒馆的原因，电灯光下，倒还呈着些许活气。市民来往的杂唤声，车铃声，间或听得出来的汽车声，混合在一处，仿佛在替杭州市民的无抵抗、不自觉的态度代鸣不平的样子。

陈逸群一个人踏着黄昏的月影，走出旅馆来，在马路上走了一回，觉得肚子有点饥饿了，就走上一条横路里的酒家去吃夜饭。

一入酒店，他就闻着了一种油炸鱼肉和陈酒的香味。自从得病以来，烟酒是应该戒绝的，但他的素来的轻生的癖性，总不能使他安然接受这医生的告诫，所以一经坐定，他就命伙计烫了一斤陈酒。当他一个人在慢慢独酌的中间，他的瘦削的面上，渐渐地带起红色来了。他举起潮润的两只大眼，呆呆向街心空处看了一阵，眉头锁紧，唉的叹了一口气，忽而面上笼罩了一层愤怒的形容。他仿佛是在回忆什么伤心的事迹，提起拳头，向街心擎了一擎，就咚的打向桌子上来。这时候幸亏伙计不在，身旁的几张桌子上，也没有人在吃饭，向四面一看，他倒自家觉得好笑了起来。在这回忆里停留不久，他平时的冷淡的枯寂的表情，又回上他的脸来了。

一个人在异乡的酒店里的独酌，终是无聊之至，他把那一斤陈酒喝完，吃了半碗多饭，就慢慢地步出店来，在马路上绕了几个圈，无情无绪地走上湖滨的堤路；月亮已高挂在正空的头上，湖上只蒙着一层凄冷的银纱。远远的市声，仿佛在嘲弄这天涯的孤客。湖滨的沉寂，湖上的空明，都变了铅铁，重重叠叠压上他的心来。他摇了几摇头，叹了几口气，似乎再也不能忍耐了，就咬紧了上下的嘴唇，放大了脚步，带怒似的奔回到旅馆中去。

这一种孤独的悲怀，本来是写在他的面上，态度上，服饰上的，不过今宵酒后，他的悲感似乎比平时更深了。一进旅馆，叫茶房打开了门窗，他脸也不洗一把，茶也不喝一口，就和衣横倒在床上，吁吁地很急促地在那里吐气。茶房在房里迟疑了一阵，很想和他说话，但见了他这一种情形，也不敢作声，就慢慢地退出门外去了。他的眼睛紧紧地闭着，然而从这两条密缝里偷漏出了几行热泪。他不知躺了多久，忽而把眼睛张开了。桌上两尺高的空处，有一盏红玻璃罩的电灯在那里照他的孤独。西边窗里吹进了一阵寒风，电灯摇了一摇，他也觉得有点冷了，就立起身来，走向西面的窗口去。没有把窗关上之前，他又伸长脖子，向湖面凝望了一回。他的视线扫回窗下的时候，忽而看见了两乘人力车在马路上向北的奔跑，前面车上坐着一位年轻的妇人，后面车上，仿佛坐着一个男子。他的视线，在月光里默送了他们一程，把窗关上，回转身来见了房里的冷灰灰的桌椅，东面墙下的衣橱，和一张白洁的空床，他的客感愈深，他的呼吸也愈急促了。

　　背了两手，俯伏了头，在房里走来走去的绕了半天，他忽而举起头来，向他的那只黄皮箧默视了几分钟。他的两眼忽而放起光来了，把身体一跳，就很急速地将那皮箧打开，从盖子的夹袋里，取出了几封信来。这几封信的内容大小，都是一样，发信人分明是一个人，而且信封都已污损了；他翻了一封出来展读的，

迟桂花

封面上写着"锦州大本营呈陈参谋,名内具"的几个字,字迹纤丽。谁也认得出是女子的手笔。

逸群吾友:

得你出京的信,是在陈家席上。你何以去得这样匆忙?连我这里字条儿也不来一个,难道在怪我么?和你相交两载,自问待你也没有什么错处,你何以这一次的出京,竟这样的不念旧交,不使人知道呢?

你若知道我那一天在陈家席上的失神的态度,回来后的心里的怨愤不安,天天早晨的盼望你的来信和新闻纸的焦躁,恨不得生出两翼翅膀,飞到关外来和你们共同奋战的热情,那么我想你一定要向郭军长告个短假,假一驾飞机回到北京来和我说明白你心中堆积在那里的牢骚了。

胡子们的凶暴,奉军的罪恶,是谁也应该声讨的,你和陈家伯伯的参与反戈的计划,我在事前也已经知道,然而平时那样柔顺的你,对我是那样忠诚的你,何以这一回的出京,竟秘而不宣,不使我预先知道呢?

天天报上,只载着你们的捷讯。今早接陈家伯伯从高粱宿打来的电报,知道两三日内,大本营可移往锦州,陈家的家人送冬衣用具北来,我也托他带这一封信去,教他亲交给你。

天气寒冷,野营露宿,军队里的生活,你如何过得惯?

肉汁味精,及其他用品一包,是好几天前在哈达门里那家你我常去的洋行里买就的,还有新到的两本小说,也是在他们那里买得的。

这几天京津间谣传特甚,北京也大不安,陈家的老家人是附着国际车出去的,不晓得这封信要什么时候才能到你那里?

心里有千言万语,想写又写不出。昨天一天饭也没有吃,晚上曾做了许多恶梦。我只希望你们直捣沈阳,快回北京来再定大局。

有人来催了,就此搁笔,只希望你们,只希望你早早战胜了回来。

诒孙上

他在电灯底下读了一遍,就把信纸拿上嘴上去,闭了两眼深深地吻了半天。又把这几封信狠命的向胸前一压,仿佛是在紧抱着什么东西似的,但他再张开眼睛来看的时候,电灯光里照出来的四面的陈设,仍旧是一间客店的空房。

三

早晨醒来的时候,朝南的廊下,已经晒遍了可爱的日光。他开窗看看湖面,晴空下的山水,却是格外的和平,格外的柔嫩,一瞬间回想起昨天晚上酒后的神情,仿佛是一场恶梦。他呆呆的向窗外看了好久,叫茶房来倒上脸水,梳洗之后,又把平时的那一种冷淡的心境恢复了。喝了几口茶,吃了一点点心,他就托茶房为他雇一只艇子去游湖。等了半天,划船的来了,他问明了路径,说定了游湖的次序,便跟了那半老的船户,走下楼来。

户外的阳光,溟濛和暖,简直把天气烘得同春天一样。沿湖的马路上,也有些车辆行人,在那里点缀这故都的残腊。堤下的连续的湖船,前后衔接,紧排着在等待游人;许多船户,游散在湖岸的近旁,此地一群,那边一队的在争抢买卖。远处有一位老妇人,且在高声叫搭客,说是要开往岳坟去的。

逸群跟了那中年船户,往南迎阳光走上埠头去,路上就遇了几次的抢买卖的袭击。他坐上船后,往西南摇动开去,将喧嚷的城市,丢在背后,看看四围的山色,看看清淡的天空,看看水边的寂静的人家,觉得自家的身体,已经是离开了现实世界了。几礼拜前的马背上的生活,炮弹的鸣声,敌军的反攻,变装的逃亡,到大连后才看见的自家的死报,在上海骤发的疾病等等,当这样晴快的早晨,又于这样和平的环境之中回忆起来,好像是很远很远,一直是几年前头的事情。他一时把杂念摒除,静听了一忽船的划子击水的清音。回头来向东北一望,灵奇的保俶塔,直插在晴天暖日的中间,第一就映入了他的眼帘。此外又见了一层葛岭的山影和几丛沿岸的洋楼。

　　大约是因为年关近了,游湖的人不多的原因,他在白云庵门口上了岸,踏着苔封的石砌路进去,一直到了月下老人的祠前,终没有一个管庵的人出来招呼他。向祠的前后看了一遍。他想找出签筒来求一张签的,但找了半天,签诗签筒终于找不出来。向那玻璃架里的柔和的老人像呆看了几分钟,他忽而想起了北京的诒孙和诒孙的男人。

　　"唉!这一条红线,你总拉不成了罢!"这样的在心里转了一下,他忽觉得四边的静默,可怕得很。那老人像也好像变了脸色,本来是在作微笑的老人,仿佛是摇起头来了。他急忙回转

了身子,一边寻向原路走回船来,一边心里也在责备自家:

"诒孙不是已经结了婚了么?"

"诒孙的男人不是我的朋友么?"

"她不是答应我永久做她的朋友的么?"

"不该不该,真正不该!"

下了船,划向三潭印月去的途中,他的沉思的连续,还没有打断。生来是沉默的他,脸上的表情就有点冷然使人畏敬的地方,所以船户屡次想和他讲话,终于空咯了一声就完了事。他一路默坐在船上,不是听风听水,尽量地吸收湖上的烟霞,就在沉思默考,想他两年来和诒孙的关系。总而言之,诒孙还可以算得是一个理想的女子。她的活泼的精神,处处在她的动作上流露出来。对一般男人的体贴和细密,同时又不忘记她自己的主张。对于什么人,她都知道她所应取的最适当最柔美的态度。种种日常的嗜好,起居的服饰,她也知道如何的能够使她的周围的人,都不知不觉的为她所吸引。若硬要寻她的不是,那只有她的太想赢得各异性者的好感这一点。并不是逸群一个人的嫉妒,实在她对于一般男子,未免太泛爱了。善意的解释起来,这也许是她的美德,不过无论如何,由谨严的陈逸群看来,这终是女人的一个极大的危险。他想起了五六个月前头,在北戴河的月下和她两人的散步,那一天晚上的紧紧的握手,但是自北戴河回来以后,他只觉得她对于她自己的男人太情热了。女人竭忠诚于自家的男人,本来是最善的行为,就是他在冷静的时候,也只在祷祝她们夫妇的和好,他自家可以老在她们家庭里做一个常客,可是她当他的面前,对于她男人和其他各人所表示的种种爱热的动作,由抱了偏见的他看来,终于是对他的一种侮辱。这一次的从军的决心,出京前的几天的苦闷,和陆续接到她的信后的一种后悔之情,又在他的心中复活起来。他和昨天晚上在酒店里的时候一样,又捏起拳头来向船沿上狠命的打了一下。

"船户!你怎么不出点气力划一划呀?划了这么半天,怎么三潭印月都还没有到?"

他带怒声的问了,船户倒被他骇了一跳。

"先生!您不要太性急了,前面不就是三潭印月的南堤了么?"

他仰起头来看看,果然前面去船不远,有一道环堤和许多髡柳掩映在水上。太阳也将当午了,三潭印月的亭台里,寂然听不见什么人的声音,他仰天探望了一回,微微的叹了一口气,心里想了一想,"啊,这悠久的长空,这和平的冬日!"不知不觉地又回复了他平时的安逸的心情。船到了堤前的石阶边上,他吩咐船户把空船划到后面去等,就很舒徐地走上石栏桥去,看池里的假山碑石去了。

四

在三潭印月吃了一点点心,又坐船到岳庙前杏花村的时候,太阳早已西斜,他觉得很饥饿了。吃了几碗酒菜,命船户也吃了一个醉饱,他一个人就慢慢的踏出店门,走向西泠桥去。毕竟是残冬的十二月,一路上遇着的,只是几个挑年货的乡下人,平时的那些少年男女,一个也没有见到。踏着自家的影子,打凫山别墅门前过去,他看见一湖湖水斜映着阳光,颜色是青紫的。东南岸的紫阳山城隍山上,有一层金黄的浮彩罩着,近山顶的天空里,淡拖着一抹黄白的行云。湖中心也有几只倦游归去的湖船,然而因湖面之大,船影的渺小,并且船里坐着的游客的不多,这日斜的午后,深深地给了他一个萧条的印象。他走过了苏小的坟亭,在西泠堤上杨柳树的根前站了一忽,湖面的一带青山,在几处山坳深处,作起蓝浓的颜色来了。

进了西泠印社的小门,一路走上去,他只遇见了几个闲惰阶级的游人。在石洞边上走了一回,刚想进宝塔南面的茶亭去的时候,他的冷静的心境,竟好像是晴天里起了霹雳,一霎时就大大的摇动了起来。茶亭里本坐有二三座客人在的,但是南面靠窗坐着的一个着黑缎子旗袍的女人背影,和诒孙的形状简直是一样,双眼盯住了这女人的背形,他在门口出神呆立了一瞬间,忽而觉得二三座座上茶客的眼睛,一齐射上他的脸来了。他颊上起了红潮,想不走进去,觉得更不好意思,要是进去呢,又觉得自己是一个闯入者,生怕搅乱了里面大家的和平。很急速地在脑里盘旋回复地忖度了一下,他终于硬挺了胸腰走进去了。那窗口的女人听了他对茶房命茶的北方口音,把头掉了转来看他,他也不由自主地向她贪视了一眼。漆黑的头发,是一片向后梳上去的。皮色是半透明的乳白色,眼睛极大,瞳神黑得很。脸形长圆瘦削,颧骨不高,鼻梁是很整洁的。总体是像鹅蛋的半面,中间高突,而左右低平。嘴唇苍白,上下唇的曲线的弯度并不十分强。上面的头发,中间的瞳神,和下面的黑色旗袍,把她那张病的乳白色的面影,映衬得格外的深刻,格外的迷人。他虽则觉得不好意思,然而拿起茶碗来喝茶的时候,竟不知不觉地偷看了她好几眼。现在她又把头回转,看窗外的假山去了,看了她的背影,他又想起了诒孙。

坐在她对面的,是一位四十左右的穿洋服的绅士,嘴上有几根疏淡的须影,时常和她在说话,可是她回答他的时候,却总不把头掉过对他的面,茶桌是挨着南窗,她坐在西面,这一位绅士是坐在东面的。

逸群一个人坐在茶亭北面的一张空桌上,去她的座位约有一丈多远,中间隔着两张空桌。他表面上似乎在看茶亭东面窗外的树木青空,然而实际上他的注意力的全部,却只倾注在她的身上。她分明是这一位绅士的配偶,但年龄又似乎差得太多。姨太太么?不是不是,她并没有姨太太的那一种轻佻的习气,父女么,又有些不对。男人对她的举止,却有几分在献媚的样子。逸群一边喝茶,一边总想象不出她的根底来。忽而东边窗下的一座座客大声的笑了起来,逸群倒骇了一跳,注意一看,原来他们在下围棋。那女人也被这笑声所引,回转头来看了一眼。她的男人似乎对她讲了一句滑稽的话,逸群在她的侧面上看出了一个小小的笑窝,但是这是悲寂的微笑,是带病的笑容。

逸群被她迷住了。他竟忘了天涯的岁暮,忘了背后的斜阳,更忘了自己是为人在客,当然想不到门外头在那里候他等他等得不耐烦的舟子了。他几次想走想走;但终究站不起身来,一直等到她和那男子,起来从他的桌子前头经过,使他闻到了一阵海立奥屈洛泊的香气的时候,他的幻梦,方才惊醒。举目向门外他们去的方向看看,他才知道夕阳快要下山了,因为那小小的山岭,只剩下几块高处的残阳,平地上已被房屋宝塔山石等的黑影占领了去。

急忙付过茶钱,走下山来,湖面上早就铺满了冷光,只有几处湖水湖烟,还在那里酝酿暮景。三贤祠的军队,吹出了一段凄冷的喇叭,似在促他归去的样儿,他在门外长堤路上站立住脚,向前后左右探望了一回,却看不见了她和那男子的踪迹,湖面上也没有归船,门前的艇子,除了他那一只以外,只有两艘旧而且小的空船在候着,这当然是那些下围棋的客人们的。他又觉得奇怪起来了,她究竟是往哪一方面去的呢?

迎着东天的半月,慢慢儿的打桨归来,旗营的灯火,已经在星星摇闪了。他从船头上转眼北望,看见了葛岭山下一带的山庄。尖着嘴吹了几声口笛,他心里却发见了一宗秘密:"她一定是过西泠桥回向里湖去的,她一定是住在葛岭的附近无疑!"

回到了旅馆,在电灯底下把手面一洗,因为脑里头还萦回着那不知去向的如昙花似的黑衣女影,所以一天游湖的劳顿,还不能使他的心身颓减下来。命茶房拿了几册详细的西湖图志与游览指南来后,他伏在桌上尽在搜查里湖沿山一带的禅房别墅与寄寓的人家。一面在心里暗想,他却同小孩子似的下了一个好奇赌咒的决心说:"你这一个不知去向的黑衣少妇,我总有法子来寻出你的寓居,探清你的根底,你且瞧着吧!"

五

湖心的半月西沉了,湖上的冷光,也加上了一层黝黝的黑影。白天的热度,似乎向北方去诱入了些低压气层来,晴空里忽而飞满了一排怕人的云阵,白云堆的缺处,偶尔射出来的几颗星宿的光芒和几丝残月的灰线,更照出了这寒宵湖面的凄清落寞。一股寒风,自西北徐徐地吹落,飞过湖头,打上孤灯未灭的陈逸群的窗面的时候,他也感到了一点寒冷,拿出表来一看,已经是午夜的时刻了。

为了一个同风也似的捉摸不定的女性,竟这样热心的费去了半宵的心血!逸群从那一堆西湖图志里立起身来回想及此,倒也自家觉得有点好笑。向上伸了一伸懒腰,张嘴打了一个呵欠,一边拿了一支烟卷在寻火柴,一边他嘴里却轻轻地辩解着说:

"啊啊,不作无聊之事,何以遣有涯之生?"点上了烟,离开书桌,重在一张安乐椅上坐下的时候,他觉得今天一天的疲劳袭上身来了。又打了一个呵欠,眼睛里红红地浮漾着了两圈酸泪,呆呆对灯坐着吸去了半支烟卷，正想解衣就寝，走上床去，他忽又觉得鼻孔里绞刺了起来，肩头一缩，竟哈啾哈啾地打出了几个喷嚏。

"啊呀，不对，又遭了凉啦！"

这样一想，他就匆匆和着里边的丝绵短袄，躺到被里去睡觉去了。

本来是神经质的他，又兼以一天的劳瘁，半夜的不眠，上床之后，更不得不在杂乱的回忆和矛盾的恐惧里想一想起那一个黑衣的女影而画些幻象，所以逸群这一宵的睡眠，正像是夏天残夜里的短梦，刚睡着又惊醒刚睡着又惊醒地安定不下来。有时候他勉力地摒去了脑里的一切杂念，想把神经镇压一下而酣甜地睡去，可是已经受过激荡的这些纤细的组织，终于不能听他的命令；他愈是凝神屏气地在努力，弥漫在这深夜大旅馆中的寂静，愈要突入他的听觉中来，终致很远很远挂在游廊壁上的一架挂钟的针步，和窗面上时时拂来的一两阵同叹息似的寒风，就能够把他的静息状态搅乱得零零落落。在长时间的焦躁之后，等神经过了一度极度的紧张，重陷入极度的疲乏状态去后，他才昏沉地合下了眼去；但这时候窗外面的浮云，已带起灰沉沉的白色，环湖上的群山，也吐起炊烟似的云雾来了。

湖上的晨曦,今天却被灰暗的云层吞没了去,一天昙色,遮印得湖波惨淡无光,又加之以四围的山影和西北的尖风,致弄得湖面上寒空黯黯,阴气森森,从早晨起就酿成了一种欲雪未成的天气。逸群一个人曲了背侧卧在旅馆的薄棉被里,被茶房的脚步声惊醒转来,听说已经是快近中午了。开口和茶房谈了这一句话,他第一感觉到的,便是自己的喉咙的嘶哑。等茶房出门去替他去冲茶泡水的中间,他还不肯相信自己是感冒了风寒。为想试一试喉咙,看它究竟有没有哑的原因,他从被里坐起,就独自一个放开喉咙来叫了两声:"诒孙!诒孙!"

钻到他自己的耳朵里去的这一个很熟的名字的音色,却仍旧是那一种敲破铁罐似的哑音。

"唉,糟糕,这才中了医生的预言了!"

这样一想,他脑里头就展开了一幅在上海病卧当时的景象。从大连匆促搭上外国邮船的时候,因为自己的身体已经入了安全地带了,所以他的半月以来同弓弦似的紧张着的心状一时弛散了开来。紧张一去,他在过去积压在那里的过度的疲劳便全部苏复转来了,因而一到上海,就出其不意地喀了几次鲜血。喀血的前后,身体更是衰弱得不堪,凡肺病初期患者的那些症候,他都饱尝遍了,睡眠中的盗汗,每天午后一定要发的无可奈何的夜热,腰脚的酸软，食欲的毫无，等等。幸亏在上海有一位认识的医生，替他接连打了几支止血针，并且告诉了他一番如何疗养的心得，吐血方才止住。又静养了几天，因为医生劝他可以不必久住在空气恶浊的上海，他才下了上杭州来静养的决心。

"你这一种病，最可怕而也最易染上的是感冒。因为你的气管和肺尖不好，伤风是很容易上身的。一染了感冒，咳嗽一发，那你的血管就又要破裂了，喀血病马上就又要再发。所以你最要小心的是在这一着。凡睡眠不足，劳神过度，运动太烈等，都是这病的诱因。你上杭州去后，这些地方都应该注意，体热尤其不可使它增高起来。平常能保住三十六至三十七度的体热就顶好，不过你也不要神经过敏，不到三十八度，总还不算发热。有刺激性的物事总应该少吃！"

这些是那位医生告诫他的说话，可是现在果真被这医生说中了，竟在他自己不觉得的中间感冒了风寒。身上似乎有点在发热的样子，但是咳嗽还没有出来，赶快去医吧，今天马上就去大约总还来得及。他想到了这里，却好那茶房也拿了茶水进房来了，他问了他些杭州的医生及医院的情形，茶房就介绍了一个大英医院给他。

洗过了手面，刷过了牙齿，他茶也不喝一口，换上衣服，就一个人从旅馆中踱了出来。阴冷的旅馆门前，这时候连黄包车也没一乘停在那里。他从湖滨走过，举头向湖上看了一眼，觉得这灰沉沉的天色和怪阴惨的湖光，似乎也在那里替他担忧，昨天的那一种明朗的风情，和他自己在昨天感到的那一种轻快的心境，都不知道消失到哪里去了。

六

　　沿湖滨走了一段，在这岁暮天寒的道上，也不曾遇到几多的行人；直等走上了斜贯东西的那条较广的马路，逸群才叫到了一乘黄包车坐向俗称大英医院的广济医院中去。

　　医院里已经是将近中午停诊的时候了，幸而来求诊的患者不多，所以逸群一到，就并没有什么麻烦而被领入了一间黑漆漆的内科诊疗室里。穿着白色作业服的那位医士，年纪还是很轻，他看了逸群的这种衣饰神气，似乎也看出了这一位患者的身分，所以寻问病源症候的时候他的态度也很柔和。体热测验之后，逸群将过去的症状和这番的打算来杭州静养，以及在不意之中受了风寒的情形详细说了一遍，医生就教他躺下，很仔细地为他听了一回。前前后后，上上下下约莫听了有十多分钟的样子，医生就显

示着一种严肃的神气,跟逸群学着北方口音对他说:

"你这肺还有点儿不行,伤风倒是小事,最好你还是住到我们松木场的肺病院里去吧?那儿空气又好,饮食也比较得有节制,配药诊视也便利一点,你以为怎么样?"

逸群此番,本来就是为养病而来,这医院既然有这样好的设备,那他当然是愿意的,所以听了医生的这番话,他立刻就答应了去进病院。问明了种种手续,请医生写了几张说明书之后,他就寻到会计处去付钱,来回往复了好几次,将一切手续如式办好的时候,午后也已经是很迟,他的身体也觉得疲倦得很了,这一晚就又在湖滨的饭店里留了一宵宿。

一宵之内,西湖的景色完全变过了。在半夜里起了几阵西北风,吹得门窗房屋都有点儿摇动。接着便来了一天霏微的细雨,在不声不响的中间,这冷雨竟化成了小雪。早晨八点钟的光景,逸群披衣起来,就觉得室内的光线明亮得很,虽然有点冷得难耐,但比较起昨天的灰暗来,却舒爽得多了。将西面的玻璃窗推开一望,劈面就来了一阵冷风,吹得他不由自主地打了几个寒噤。向湖上的四围环视了一周,他竟忘掉了自己的病体,在窗前的寒风里呆立住了,这实在是一幅灵奇的中国水墨画景。

南北两高峰的斜面,各洒上了一层薄薄的淡粉,介在其中的湖面被印成了墨色。还有长堤上，小山头，枯树林中，和近处停泊在那里的湖船身上，都变得全白，在反映着低云来去的灰色的天空。湖塍上远远地在行走的几个早起的船家，只像是几点狭长的黑点，默默地在这一块纯白的背景上蠕动。而最足以使人感动的，却是弥散在这白茫茫打成一片的天地之间的那种沉默，这真是一种伟大而又神秘的沉默，非要在这样的时候和这样的地方是永也感觉不到的。

逸群呆立在窗前看了一回。又想起了今天的马上要搬进病院去的事情，嘴角上就微微地露出了一痕自己取笑自己的苦笑。

"这总不是天公送我进病院去的服色罢？"因为他看到了雪，忽而想起了一段小说里说及金圣叹临刑那一日的传说。这一段传说里说，金圣叹当被绑赴刑场去的那一天，雪下得很大；他从狱里出来，看见了满街满巷的白雪，就随口念出了一首诗来说："天公丧父地丁忧，万户千门尽白头，明日太阳来作吊，家家檐下泪珠流。"病院和刑场，虽则意义全然相反，但是在这两所地方的间壁，都有一个冷酷的死在那里候着的一点，却是彼此一样的，从这一点上说来，逸群觉得他的联想，也算不得什么不合情理。

那位中年的茶房冻红了鼻尖寒缩着腰走进他的房里来的时候，

逸群还是呆呆鹄立在窗口，在凝望着窗外的雪景。

"陈先生，早呵，打算今天就进松木场的肺病院去么？"茶房叫着说。

逸群回过身来只对他点了点头，却没有回答他一句话，一面看见了这茶房说话的时候从口里吐出来的白气，和面盆里水蒸气的上升，他自己倒同初次感得似的才觉着了这早晨的寒冷，皮肤上忽而起了一层鸡栗，随手他就把开着的那扇房门关上了。

在房间里梳洗收拾了一下，付过了宿账，又吃了一点点心，等黄包车夫上楼来替他搬取皮箧的时候，时间已经不早了。坐在车上，沿湖滨向北的被拉过去，逸群的两耳，也感到了几阵犀利的北风。雪是早已不下了，可是太阳还没有破云出现，风也并不算大，但在户外走着总觉得有刀也似的尖风刺上身来，这正是江南雪后，阴冻不开的天气，逸群默默坐在车上，眼看着周围的雪中山水，却想起了有一次和诒孙在这样的小雪之中，两人坐汽车上颐和园去的事情。把头摇了几摇，微微的叹了一口气，他的满腔怀忆，只缩成了柳耆卿的半截清词，在他的哑喉咙里轻轻念了出来：

　　一场寂寞凭谁诉！
　　算前言，总轻负。

早知恁地难拼，悔不当初留住。

其奈风流端正外，更别有，系人心处。

一日不思量，也攒眉千度。

七

松木场在古杭州城的钱塘门外，去湖滨约有二三里地的间隔。远引着苕溪之水的一道城河，绕松木场而西去，驾上扁舟，就可以从此地去西溪，去留下，去余杭等名胜之区。在往昔汽车道未辟之前，这松木场原是一个很繁盛的驿站码头，现在可日渐衰落了。松木场之南，是有无数青山在起伏的一块棋盘高地，正南面的主峰，是顽石冲天的保俶塔山——宝石山，西去是葛岭，栖霞岭，仙姑，灵隐诸山，游龙宛转，群峰西向，直接上北高峰的岭脊，为西湖北面的一道屏障。宝石山后，小岗石壁，更是数不胜数。在这些小山之上，仰承葛岭宝石山的高岗，俯视松木场古荡等处的平地，有许多结构精奇的洋楼小筑，散点在那里，这就是由一位英国宣教师募款来华，经营建造的广济医院的隔离病院。

陈逸群坐在黄包车上，由石塔儿头折向北去，车轮顺着坂道，在直冲下去的中间，一阵寒风，吹进了他的本没有预防着的口腔鼻孔。冷风触动了肺管，他竟喝吓喝吓地咳了起来，喉头一痒，用手卷去一接，在白韧的痰里，果然有几丝血痕混入了。这一阵咳，咳得他眼睛里都出了眼泪。浑茫地向手卷上看了一眼，他闭上眼睛，就把身体靠倒在洋车背上，一边在他的脑里又乱杂地起起波涛来了。

"这一个前兆，真有点可怕。漫天的雪白，痰里的微红，难道我真要葬在这西湖的边上了不成？……唉，人谁能够不死，死的迟早，又有什么相干，我岂是个贪生怕死的小丈夫！……可是，可是，像我这样的死去，造物也未免有点浪费，我到今日非但事业还一点儿也没有做成，就是连生的享乐，生的真正的意味都还没有尝到过。……啊，回想当时从军出发的那一腔热忱，那一种理想，现在到了生死之际量衡起来，却都只等于幻薄的云烟了！……本来也就是这样的，我们要改革社会，改革制度，岂不是也为了'生'么？岂不是也为了想增进自我及大众的生的福裕么？'生'之不存，'革'将焉用？……罢了罢了，啊啊，这些事情还去想它作甚？我还是先求生罢，然后再来求生之享乐……"

许多自相冲突的乱杂的思想，正在脑里统结起来的时候，他的那乘车子，也已经到了松木场肺病院山下的门口了。车夫停住了车，他才睁开眼来，向大门一望，原来是一座两面连接着蜿蜒的女墙的很雅致的门楼。从虚掩在那里的格子门里望去，一层高似一层是一堆高低连亘的矮矮的山岗。在这中间，这儿一座那儿一点的许多红的绿的灰色的建筑物，映着了满山的淡雪和半透明的天空在向他点头俯视。他下车来静立了一会，看了一看这四周的景物，一种和平沉静的空气，已经把他的昏乱的头脑镇抚得清新舒适了。向门房告知了来意，叫车夫背着皮箧在后面跟着，他就和一位领导者慢慢地走上了山去，去向住在这分院内的主治医生，探问他所应住的病室之类。这分院内的主治医生，也是一位年青的医士，对逸群一看，也表示了相当的敬意。不多一忽，办完了种种手续，他就跟着一位十四五岁的练习护士，走上西面半山中的一间特等病室里去住下了。

这病室是一间中西折合的用红砖造就的洋房，里面包含着的病房数目并不见多，但这时候似乎因为年关逼近的缘故，住在那里的患者竟一个也没有。所以逸群在东面朝南的那间一号室里安顿住下，护士与看护下男退出去后，只觉得前后左右只充满了一层沁人心脾的静寂。一个人躺睡在床上，他觉得仿佛是连玻璃窗外的淡雪在湖里融解的声音都听得出来的样子。因为太静寂了，他张着眼向头上及四面的白壁看看，在无意中却感到了一种莫名其妙的恐怖，觉得仿佛在这些粉白的墙壁背后，默默地埋伏着有些怪物，在那里守视着他的动静的样子。

将近中午的时候，主治医生来看了他一次，在他的胸前背后听了一阵，医生就安慰他说：

"这病是并不要紧的，只教能安心静养就对了。今天热度太高，等明后天体热稍退之后，我就可以来替你打针，光止止血是很容易的，不过我们要从根本的治疗上着想，所以你且安息一下，先放宽你的心来。"

主治医生来诊视过后不多一忽，先前领他来的那位护士送药来了。这一位眉目清秀的少年护士，对逸群仿佛也抱有十分的好感似的，他料理逸群把药服后，又在床前的一张沙发上坐下了。

"陈先生，你一个人睡在床上，觉得太寂寞么？"他说。

"嗳，寂寞得很。你有空的时间没有？有空请你时常来谈谈，好陪陪我。"

一边说着逸群就把半闭的眼睛张了开来，对少年注视了一下。看到了这少年的红红的双颊，墨样的瞳神，和正在微笑的那一双弯曲的细眼，他似乎把服药后正在嘴里感到的那一种苦味忘记了。这一张可爱的小小的面形，他觉得是很亲很熟的样子，可是究竟是在什么地方看见过的呢，他却想不起来了。看了这少年的无邪的微笑，他也马上受了他的感染，脸上露出了一脸孤寂的笑容来。

"你叫什么名字?"他笑着问他。

"名字叫作志道,可是他们都叫我小李的。"

"你姓李么?"

"是的。"

"那么我也就叫你小李,行不行?"

"可以的,陈先生,你觉得饿了没有?"

"饿倒不饿,可是刚服过药,嘴里是怪难受的,有什么牛奶之类,我倒很想要一杯喝。"

"好,我就去叫看护下男为你去煮好了来。"这少年护士出去之后,房里头又全被沉默占领了去。这一回逸群可不感到恐怖了,因为他在脑里有了一种思索的材料,就是这位少年仿佛是在什么地方看见过的那一个问题。想了半天,然而脸上红了一红,眼睛里放出了一阵害臊的微光,他却把这护士的容貌想出来了,原来中学时代的他的一位好友,是和这小李的面形一样的。

八

小雪之余,接着就是几天冬晴的好天气,日轮绕大地回走了几圈,包围在松木场一带的空气,又被烘得暖和和同小春天一样。

逸群在进病院后的第八天上完全退了热，痰里的血丝也已止住，近来假着一支手杖的力，他已经能够走出房来向回廊上及屋外面去散步了。病院生活的单调，也因过惯了而反觉得舒适，一种极沉静的心境，一种从来也没有感到过的寂灭的心境，徐徐地征服了他的焦躁，在帮扶他走向日就痊快的坦道上去，他自己也觉得仿佛已经变成了一位遁世的修道士的样子。

　　早晨一睁开眼，东窗外及前室的回廊上就有嫩红洁静的阳光在那里候他，铃儿一按，看护他的下男就会进来替他倒水起茶，梳洗之后，慢慢的走上南面的回廊，走来走去走一二遍，脚力乏了，就可以在太阳光里，安乐椅上坐躺下去。前面是葛岭的高丘和宝石山的石垒；初阳台上，这时候已经晒满了暖和的朝日，宝石山后的开凿石块的地方，也已经有早起的工人在那里作工了。澄清的空气里，会有丁丁笃笃的石斧之声传来，脚下面在这病院的山地与葛岭山中间的幽谷里间或有一二个采樵的小孩子过去，此外就是寂静的长空，寂静的日脚，他坐在椅上，连自己的呼吸都可以听得清清楚楚。不多一忽，欢乐轻松的小李的脚步声便会从后面进出的通用门里响近前来，替他量过热度，换过药水，谈一阵闲天，就是吃早餐的时刻了。早餐过后，在回廊上走一二遍，他可以动也不动地在那张安乐椅上坐躺到中午。吃完午饭，量过热度，

迟桂花

服过药，便上床去试两三小时的午睡；午睡醒来，日脚总已西斜，前前后后的山色又变了样子，他若有兴，也可以扶杖走出病室，向病院界内的山道上去试一回小步；若觉得无力，便仍在那张安乐椅上坐下，慢慢的守着那铜盘似的红日的西沉。晚饭之后，在回廊上灰暗的空气里坐着，看看东面松木场镇上的人家的灯火，数数苍空里摇闪着的明星，也很可以过一二个钟头的极闲适极快活的时间，不到八点钟就上床去睡了。

这就是逸群每日在病院里过着的周而复始的生活。因为外面的生活方式这样的单调刻板化了，所以他的对外界的应付观察的注意全部，就转向了内。在日暖风和的午后，在澄明清寂的午前，沉埋在回廊上的安乐椅里他看山景看得倦了，总要寻根究底的解剖起自家过去的生活意思来。

"自己的一生，实在是一出毫无意义的悲剧，而这悲剧的酿成，实在也只可以说是时代造出来的恶戏。自己终竟是一个畸形时代的畸形儿，再加上以这恶劣环境的腐蚀，那些更加不可收拾了。第一不对的，是既作了中国人，而偏又去受了些不彻底的欧洲世纪末的教育。将新酒盛入了旧皮囊，结果就是新旧两者的同归于尽。世纪末的思想家说——你先要发见你自己，自己发见了以后，就应该忠实地守住着这自我，彻底地主张下去，扩充下去。环境若要来阻挠你，你就应该直冲上前，同他拼一个你死我活，All or Nothing[①]！不能妥协，不能含糊，这才是人的生活。——可是到了这中国的社会里，你这唯一的自我发见者，就不得不到处碰壁了。你若真有勇气，真有比拿破仑更坚忍的毅力，那么英雄或者真能造得成时势也说不定，可是对受过三千年传统礼教的系缚，遵守着尧舜禹汤文武周公孔子一脉相传的狡诈的中庸哲学的中国人，怕要十个或二十个的拿破仑打成在一起才可以说话。我总算发见了一个自以为的自我了，我也总算将这自我主张扩充过了，我并且也可以算冲上前去，与障碍物拼过死活了，但是所得到的结果是什么？……大约就是在这太阳光里的这半日的静坐罢？……啊啊，空，空，空，人生万事，终究是一个空！"

想来想去，想到了最后的结论，他觉得还是这一个虚无最可靠些。尤其是前天的早晨，正当坐在这回廊上享太阳的时候，他看见东面的三等病室里有两三个人抬出了一个用棉被遮盖好的人体来，走向了山下的一间柴棚似的小屋；午饭前小李来替他量过热度诊过脉搏后，在无意中对他说：

---

① 英文：全部或一无所有。

"又是一个患者 dead① 了,他昨天晚上还吃两碗饭哩!"这一句在小李是一点儿也不关紧要,于谈笑之间说出来的戏言,倒更证实了他每次所下的那个断案。

"唉,空,空,空,人生万事终究是一个空!"

这一天午后,他坐在回廊上,也同每次一样的正想到了这一个结论的时候,忽而听见小李在后边门外喊着说:

"梅先生来了!"

接着他就匆匆跑进了逸群的病室,很急速地把他的房间收拾得整整洁洁。原来这梅先生就是广济医院的主宰者,自己住在城里,当天气晴快的午后,他每坐着汽车跑到这分院里来看他的患者的。

不多一会,一位须发全白的老人,果然走到逸群的病室里来了。他老先生也是一位机会与时代偶尔产下来的幸运儿,以传教行医,消磨了半生的岁月,现在是已经在这半开化的浙江省境内,建造起了他的理想的王国,很安稳快乐地在过度他的暮年余日了。一走进房,他就笑着问逸群说:

"陈先生,身体可好?今天觉得怎么样?"逸群感谢了一番他垂问的盛意,就立起身来走入了起坐室里请他去坐。他在书桌

---

① 英文:死亡。

上看见了几册逸群于暇时在翻读的红羊皮面的洋书,就同发见了奇迹似的向逸群问说:

"陈先生,你到过外国的么?"

"嗳,在奥克司福特①住了五年,后来就在欧洲南部旅行了两年的光景。"

听了逸群的这一个学历,他就立刻将那种应付蛮地的小孩子似的态度改过,把他的那个直挺挺有五尺多高的身体向沙发上坐了下去。寻问了一回逸群的身世和回国后任事的履历,又谈了些疾病疗养上的极普通的闲天,他就很满足似的立起身来告辞了。临行的时候,握住了逸群的手,他又很谦虚地招请他说:

"前面葛岭山上,我也有几间房屋起在那里,几时有空的时候,我要来请你过去吃茶去。像这一个样子下去,那不消多少时候,你的身体就完全可以复原的,让我们预备着你退院的时候的祝贺大会罢!"

说着他又回顾了一眼立在廊下恭候着他的那位主治医生,三人就合起来大笑了一阵。

逸群自从受了这一回院主的过访以后,他的履历就传遍了这

---

① 英文音译:今通译作牛津。

一区山上的隔离病院，上上下下的人大家都晓得这陈先生是一位北洋道台的公子，他是到过外国，当过大学堂的教师，做过官的。于是在这山上的几处隔离病室里住着的练习护士们，拿了英文读本文法书来问字求教的人，也渐渐地多了起来；听他们谈谈，逸群对这病院里的情形内幕也一天一天地熟悉起来了。

九

关于这病院的内幕消息里面，有一件最挑动逸群的兴味的，是山顶最高处的那间妇女肺病疗养处清气院的创立事件。这清气院地方最高，眺望得也最广，虽然是面南的，但在东西的回廊上及二层楼的窗里远看出去，看得见杭州半城的迷离的烟火，松木场的全部的人家，和横躺在松木场与古荡之间的几千亩旷野；秦亭山的横空一线，由那里望过去，更近在指顾之间，山头圣帝庙的白墙头当承受着朝阳熏染的时候，看起来真像是一架西洋的古画。这风景如此之美的清气院，却完全是由一位杭州的女慈善家出资创立的，听他们说，她为造这一间清气院，至少总也花去了万把两的银子。

有一天午后，天气仍旧是那么的晴快，逸群午睡醒来，很想走上山顶,到这一间清气院的附近去看看北面旷野里的风景,正好小李也因送药到他那里来了,他们两人就慢慢地走出了病室,走上了那条曲折斜通山顶的小道。太阳已经西斜到和地面成一只锐角的光景,松木场的人家瓦上,有几处已经有炊烟在钻起来了。两人在一处空亭里立了一会,看了些在后面山下野道上走路的乡民和远处横躺着的许多洁净的干田,就走入了一条侧路,走向了清气院的门前。一到了清气院的门口,小李就很急速的抽出了他那只被逸群捏住的手,三脚两步的跨上了这女病室的台阶,走入了有许多青年妇女围立在那里的那间楼下的大厅。逸群在半路上立定了脚,朝这一群妇女围立着的中心处一看,也不知不觉的呆住了。靠近桌子立在这些妇女们的中间,手里拿着了许多衣料罐头食物之类,在分送给大家的那一位女主人公,原来就是那一天他在西泠印社里看见过的那个不知去向的黑衣少妇。她对黑的颜色,似乎是特别喜欢的样子,今天穿的仍旧是一件黑色天鹅绒的长褂。

小李从人丛中挤了进去,向她恭恭敬敬的行了一个鞠躬礼,向一位中老的看护妇长也打了一个招呼,似乎很轻很轻的说了几句什么话,就把目光掉转,回头来向外面立在夕阳影里的逸群看了一眼。那位黑衣少妇,也和小李一道的把目光注向了外面,同时围立在那里的许多妇女也都掉转了头,看向了逸群的身上,他倒一霎时不由自主的害起羞来了，一转瞬间竟把他那张苍白的脸涨得通红。正在进退维谷，想举起脚步来走开的时候，那位少妇却拉了小李的手走出到了大厅外的回廊上面，和他微笑着点了点头说：

"是陈先生么？我已经听见梅先生说起过了，等一会我就来看你，那间病室里我从前也住过的。"

不知所措的逸群只觉得听到了一段异常柔和异常谐合的音乐，头脑昏得利害，耳根烧得火热，她说的究竟是几句什么话，和自己对她究竟回答了几句什么等，全都记不起了。伏倒了头从小道上一个人慢慢走回病室来的中间，在他的眼前摇映着的只是一双冷光四射同漆皮似的黑晶晶发亮的眼睛，与从这眼睛里放出来的一痕同水也似的微波。他一个人像这样的昏乱地走了不久，后面小李又跑着追上来了。小李的面色，也因兴奋之故涨得红红。一面拉住了逸群的手走着，一面他就同急流似的说出了一大堆话来。

"她就是那位大慈善家康太太呀！每年冬天过年的时候，她总要来施舍一次的，不但对男女老幼的贫苦患者，就是对我们也都有得分到的。她家里很有钱，在上海杭州开着十几家银行哩。我不是同你说过了么？清气院就是由她一个人出资捐造的，她自家也曾患过肺病来着，住的就是你现在住的那一间房，所以她对肺痨病者是特别的有同情，特别的肯帮助的。每年她在我们这里捐助的药钱和分送的东西，合算起来怕也得要几千块钱一年哩。在葛岭山上她还有一间很好的庄子在那里，陈先生，几时我同你去玩去，从这里的后门走出，过栖霞岭走上去是很近的。她说她还要上你这边来看你哩。我们快回去把房间收拾收拾，叫下男去烧好茶来等着罢。陈先生，我们快走，快走，快走回去！"

被他这么一催，逸群倒也自然而然的放快了脚步。回到了病室，把散乱的东西收拾了一下，叫下男预备好了一点茶水，他就在沙发上坐下，在那里细细地咀嚼起那天和她初次见面时候的事迹来了。小李看了逸群的沉默的样子，看了他那种呆呆地似在沉思的神气，却觉得有点奇怪起来，所以也把自己的兴奋状态压了下去，镇静地问他说：

"陈先生，你又在那里想什么了？她怕就要来了呢！"

逸群听了这小孩的一种似在责备他的口气，倒不觉微微地笑破了脸。对小李看了一眼，他就有点羞缩似的问她说：

"小李，你晓得这一位康太太的男人，是干什么的？"

"说起康承裕这三个字，杭州还有哪一个不知道他是一位银行老板呢！"

"你看见他过的么?"

"怎么会不看见过啊。"

"他多大年纪了?"

"那我可不晓得。"

"有胡须么?"

"嘴上是有几根的,可是并不多。"

"是穿洋服的么?"

"有时候也穿,尤其是当他从上海回来的时候。"

"噢,那么我倒也看见过他了。"

"嗳,你怎么会看见他呢?"

"我是在西湖上遇见他的。"

两人坐在沙发上这样的谈了半天,那位康太太却终究没有到来。小李倒等得心急起来了,就立起了脚跳了出去,说是打算上麻疯院及主治医室等处去探问她的究竟是走上了什么地方去的。

十

松木场广济分院的房屋,统共有一二十栋。山下进门是一座小小的门房,上山北进,朝东南是一所麻疯院兼礼拜堂的大楼。

沿小路向西，是主治医师与护士们的寄宿所。再向西，是一间灰色的洋房，系安置猩红热、虎列刺等患者的隔离病室。直北是厨房，及看护下男等寄宿之所。再向西南，是一所普通的肺病男子居住的三等病房。向西偏北的半山腰里，有一间红砖面南的小筑，就是当时陈逸群在那里养病的特等病室。再西是一所建筑得很精致很宽敞的别庄式的住屋，系梅院长来松木场时所用的休息之处。另外还有几间小筑，杂介在这些房屋的中间。西面直上，当山顶最高的一层，就是那间为女肺病患者所建的清气院了。全山的地面约有二百余亩，外面环以一道矮矮的女墙，宛然是一区与外界隔绝的小共和国。

　　逸群一个人在那间山腰病室的起坐室里守候着康夫人的来谒，时间已经挨得很久了，小李走出去后，他更觉得时间过去的悠长，正候得有些不耐烦起来的时候，小李的那双轻脚却又从后面门里跳跑了进来。还没有跑到逸群的那间病室门口，他右手擎着了一只银壳手表，就高声叫着说：

　　"陈先生，你瞧你瞧，这是康太太给我的！"笑红了脸，急喘着气，走到了逸群的身边，他的左手又拿出了一张名片来。名片上面印着康叶秋心的一行小号宋字，在名片的背后，用自来水笔纤细地写着说：

"今天因为还要上麻疯院去分送东西,怕时间太晚,不能来拜访了。明天下午三时,请你和小李同来舍间喝茶,我们可以来细谈谈病中的感想。"

小李把名片交给逸群看后,脸上满堆着欢笑,还在一心玩弄那只手表。等逸群问他康太太另外还有什么话没有的时候,他才举起头来对逸群说:

"康太太请你明天去喝茶,教我陪了你同去,她已经向主治医生为我请好假了。她说今天因为还要上麻疯院去,怕是来不成的。"

"康太太的家里,你喜欢去么?"

"为什么不喜欢呢?那儿景致又好,吃的东西又多,还有留声机器听。"

"那么明天你就非去不可,我可是有点怕,怕走多了路。"

"怕走多了路?从后门出去是很近的,并且路也好走,并不是山路。康太太明天在候着你的,你不去可不行哪。"

"好,到了明天再说罢。"

这时候太阳已经在清气院的西边隐没了下去,天上四周只充满了一圈日暮的红霞,晚风凉冷,吹上了逸群的兴奋得微红的两颊,病室里的景象也灰颓萧索起来了。听逸群止住了口,小李骤然举起头来向四边一看,也觉着了时候的不早,重订了一遍明天一定同去的口约,他就又拔起双脚,轻轻快快的跳了出去。

被剩落在孤独与暮色里的逸群,一个人在病室里为沉默所包围住的逸群,静听着小李的脚步声幽幽地幽幽地远了下去,消逝了下去,最初的一瞬间他忽而感到了一种内心的冲动,想马上赶出去和小李一道的上麻疯院去探视一回,可是天色晚了,即使老了脸皮走到了麻疯院里,她也未必会还在那里的。况且还有明朝的约会,明朝岂不是可以舒舒服服的上她那里去接近着她和她去谈谈笑笑了么?但是但是,到明朝的午后为止,中间还间着一个钟漏绵绵的长夜,还间着一个时间悠久的清晨,这二十几个钟头将如何的度过去呢?啊啊,那一双深沉无底的眼睛,那一对盈盈似水的瞳神!你这一个踏破铁鞋也无觅处的黑衣女影,今天却会这样偶然的闯到这枯干清秘得同僧院似的病院里来,真想不到,真想不到。一个人在黑沉沉的沙发上坐着,像这样的想想这里,想想那里,一直的想了下去,他正同热病患者似的在开着了眼睛做梦。门外面无声无臭地逼近前来的夜色,天空里一层一层渐渐地浅淡下去的空明,和四围山野里一点一滴地在幽息下去的群动,他都忘记了。直到朝东南的两面玻璃窗里有灼烁的星光和远远的灯火投映进来的时候,他才感到了自己身边的现实世界而在黑暗里睁开了两眼。像在好梦醒后还有点流连不舍似的,他在黑暗里清醒转来以后，还是兀兀地坐着不动，不想去开亮电灯来照散他的幻梦。在这柔和甘美与周围的静悄悄的夜阴很相称的回忆里沉浸得不久，后面的门呀的一响，回廊上却有几声笨重的脚步声到了。

"陈先生，陈先生，你怎么电灯都还没有点上？"

与这几句话同时走进他的病室里来的，是送晚饭来的看护下男。在这松木场的广济分院的别一个天地里，又是一天单调和平的日子过去了。

十一

十二月二十四日的晓阴，在松木场的山坳里破亮了。空阔的东天，和海湾相接之处，孕怀着一团赭色。微风不起，充塞在天地之间的那层乳样的烟岚，迟迟地，迟迟地，沉淀了下去。大气一澄清，黝苍的天际，便透露出了晴冬特有的它那种晨装毕后的娇羞的脸色，深蓝无底的黛眉青，胭脂浴后的红薇晕，更还有几缕，微明细散，薄得同蝉翼似的粉条云。

觅恨寻愁，在一尺来厚的钢丝软垫上辗转了半夜的陈逸群，这时候也从期待和焦躁的乱梦里醒过来了。一睁开眼，他就感到了一种晴天侵早所给与我们的快感。举头向粉刷得洁白的四壁望了一周，又从床头玻璃窗的窗帷缝里，看取了一线室外的快晴的烟景，他的还没有十分恢复平时清醒状态的脑里，也就记起了昨夜来的记忆——在不意之中忽而遇到的那一位黑衣的神女，她含着微笑走出到回廊上来招呼他的风情，同音乐似的柔和谐整的她的声气，他自己的那种窘急羞臊得同小学生似的心状，在暮色苍然的病室里鹄候她来访的几刻钟中间的焦急，听说她不来了以后的那一种失望和衷心感到的淡淡的哀愁，随后又是半夜的不眠和从失眠的境里产生出来的种种离奇的幻想——这许许多多昨夜来的记忆，很快很快的同电影场面似的又在他的刚醒过来的脑里重新排演了一回。因为这前后的情节，实在来得太变幻奇突，而他自己的感情起伏，也实在来得波浪太大了，所以回想起来，他几乎疑信自己还在那里做梦。这一切的一切，都还不免是梦里的悲欢。然而伸出手向枕头边上一摸，一张凉阴阴的长方小片，却触着了他的手指，拿将起来一看，正面还是黑黑的康叶秋心的四个宋字，反面仍旧是几行纤丽的约他于今天午后去茶叙的传言。

"还好还好，这一次的这一位黑衣神女，倒还不是梦里的昙花！"

这样的在脑里一转，他的精神也就抖擞起来了，四肢伸了一伸，又纵身往上一跳，他那瘦长的病后的躯体，便从鸭绒被里起立到了病室的当中。按铃叫了一声看护下男，换上衣服，匆匆梳洗了一下，他拿起立在屋角的那支白藤手杖，便很轻快地从病室走上了回廊，从回廊走出到了晴光四溢的天空的底下。

这时候太阳已经升高了；薄薄的晨霜，早已化成了万千的水滴，把山中的泥路，湿润得酥软可人。带点辛辣味的尖寒空气，刺激着他的露出在衣外的面部手部，皮肤上起了一种恰到好处的紧缩感觉；溲溜溜一股阴凉的清气，直从他的额头脑顶，贯穿了他的全身。他从低处的山道渐渐地走上山去，朝阳所照射着的地域因而也渐在他的周围扩大了开来，而他的心神全部，也觉得一步一步慢慢地在镇静下去。到了一处耸立在一个小峰之上的茅亭里立定，放眼向山后北面的旷野瞭望了几分钟，他的在一夜之中为爱欲情愁所搅乱得那么不安的心灵思虑，竟也自然而然地化入了本来无物的菩提妙境，他的欲念，他的小我，都被这清新纯洁的田园朝景吞没下去了。

面对着了这大自然的无私的怀抱，肩背上满披着了行程刚开始的健全的阳光，呼吸了几口深呼吸后，他的恢复了平时的冷静的头脑，却使他取得了一种对自己的纯客观的批评的态度。

以自己的经历来论，风花雪月，离合悲欢，也着实经过了不少了。即以对女性的经验来讲罢,远的姑且不论,单讲近的,回国之后在北京游散着的几年之中,除诒孙之外,新的旧的,已婚的未婚的,美的智的,高贵的温柔的女性,也不知曾经接触过了几多,可是自己却从没有颠倒昏乱,完全忘却过自己,何以这一回的与这一个漠不相关的女性,偶尔在歧路上的匆匆的一遇,便会发生出这许多幻想来的呢?难道是自己的病的结果么?然而据主治医生之所说,则不久之后,就可以完全恢复健康,安然出院去了。难道是这康叶秋心的财富在诱惑着自己么?可是自己父祖的遗产还未荡尽,虽然称不得巨富,但也尽可以养活自己的一生而有余;并且自己所有的教养,决不会使自己的心性堕落到这一个地步的。那么大约是她的美丽罢,大约是她的肉体的美在挑拨引诱着自己罢?然而这康夫人之美,却又并不是这一类玩弄男子,挑引肉感的妖妇式的美,况且对于这一层自己是曾经受过试验,觉得很有把握的。

对自己的心理的批评分析,到了这里,他却漫然地想起了从欧洲回国的途中的一段浪漫史来。不自觉地再举目向远远四周的田园清景望了一望,他的对于这一段 Episode[①] 的回忆,尤其是觉

[①] 英文:插曲。

得生动而活现了，因为那时候的背景，是热烈浓艳的地中海里的炎夏三伏夜，而眼前的景致，却是和平清静的故国的晴冬。

十二

正当那只法国定期船将到苏彝士河口 Port Said^① 的前夜，在回国的途上的陈逸群和许多其他的乘客，却在船上逢迎了法国革命纪念的那一天七月四日。自从马赛出发以来，就招呼认识的那位同船的美国少女，对逸群的态度表情，简直是旁若无人，宛然像从小就习熟的样子。有时候倒弄得饱受着英国的保守的绅士式的教育的陈逸群，反不得不故意寻出口实来避掉她的大胆的袭击。

她的父母本来是德国北部的犹太系的移民，五六十年前跟了他们的祖父移住到蜜士西毕河上流去开垦的时候，那一块北美的沃地，还是森林密聚，人烟稀少的，冷僻到不可思议的地方。而现在却不同了，水陆的交通，文明的利器，都市的美观，农村的建设，无一处不在夸示着它的殷富了。因而贝葛曼 (Bergman) 的一家，也就成了米西根地方的豪富。然而巨富之家，族种不繁，

---

① 英文：塞得港，位于苏伊士运河北端。

似乎是天公裁断定的制度，是以由贝葛曼两代的辛苦经营而积下来的几千万财产，只有这一个今年才二十一岁的如花少女冶妮（Jennie）来继承相续。雄心勃勃的她的父亲爱杜华（Eduar）·贝葛曼自己，近年来也感到了老之将至了，将所有的事业都交给了可托的管理人后，他自己就带了妻儿，走上了世界漫游的旅途。他们三人的这一回的和陈逸群的同船，原是因为已经看厌了欧洲各大都会的颓废文明的结果，想上埃及内部，非洲蛮地去寻点新奇，冒点小险的。

冶妮·贝葛曼，今年二十一岁了。不长不短的她的肥艳的身上，处处都密生着由野外运动与自由教育而得来的结实的肌肉。长圆形的面部，红白相间到恰好的地步，而使她的处女美尤其发挥到极致的，却是那一双瞳神蓝得像海洋似的大眼，与两条线纹弯曲得很的红润的樱唇。本来就把全身的曲线透露得无微不至的欧罗巴的女装，更因为是炎夏半裸的单衣的缘故，她穿在身上的服饰，简直可以把她的肉色都映照得出来。而更是风情别样，不得不教人恼杀的，是在她那顶银丝夏帽下偷逃出来的几圈条顿民族[①]所特有的，金发的丝儿，因为当她举起手来整发的时

[①] 条顿人，古代日耳曼人的一个分支，被后世用来泛指日耳曼人，或直接以此称呼德国人。

候，在嫩红的腋下与肉乳的峰旁，时时可以看得出来的，也就是与此同样的几缕浅软的金毛。

大约是因为从小就生长在富庶的环境里的结果罢，到了这一个年龄，按理也应该是稍知稼穑，博通世故的时候了，可是她却还同在大学学窗下的女青年一样，除了寻欢作乐，学媚趋时而外，仿佛是社会的礼义，世间的生活，和她都绝不相干的样子。

在微风邀醉的餐室外面的回廊阴处，举起两手枕抱了头，深深地斜躺上安乐的摇椅，朦胧地远视着地中海里的白日青天，大约映写到她的脑里来的风物人群，总还是那些由好莱坞特的明星等所模制出来的东方众香之国，和又年青又勇敢，又多情又美貌的印度皇子，或老大帝国的最富华最伟大的贝勒与亲王。所以也曾饱受过欧洲近代的教育，面貌也并不十分丑陋，行动举止却又非常娴雅的陈逸群的出现，大约是正适合了她的妖幻的梦境，满足了她的浪漫的嗜好。故而自从马赛出发以来，短短的几日地中海里的行程，竟成了她的演习幻梦里的操练的疆场，而生来就有点胆怯，体格也不十分强健的陈逸群，倒变作了文王囿内，在被追逐的小兔麇鹿了。

太阳在船尾西北的地中海里沉没了下去，深蓝的海面和浅碧的天空，同时都烘染上了一层银红的彩色。从东南面吹上船来的微风阵阵，暗暗地都带着些海水的辛咸，和热带地方特有的那一种莫名其妙的浓香酽味，船上的七月四日，又这样的慢慢地晚了。

这一天，冶妮从点心时候起，就拖住了逸群不肯放他走开，直到两人在船栏边看完了落日，她的暴露在外面的臂上胸上微有点感到了凉意，船上头庆祝法国革命纪念的夜宴将就开始的时候，她和他坚约定了今晚的跳舞，眼角唇边满含着了招引他来吮吸的微笑，低徊踌躇，又紧握了一回长时不放的手，才匆匆地分头别去，各回到了自己的舱室里去梳洗更衣，预备赴宴。

在灯光灿烂，肉色衣香交混着的聚餐室里，冶妮当然是坐在逸群的上手，于欢呼健啖之余，他们俩也不晓得干尽了几多杯的葡萄香槟。冷红茶，米果，冰淇淋过后，就是小息的时间了。休息二十分钟之后，跳舞的音乐马上就要开始的。

当小息的中间，逸群也因为多喝了几杯酒的原因，被冶妮的眼角一挑，竟不由自主，大着胆跟她走出了众人还在狂欢大笑的聚餐兼跳舞的厅室，到了清凉洁白的一处离餐室稍远的前甲板的回廊角里。

是旧历的初八九的晚上的样子，半弓将满的新月，正悬挂在船楼西南面的黝苍的天际。轮机仍在继续着前行，不断的海风摇拂在他们的微红的脸上，穿巴黎最新式的、上半身差不多是全裸的夜会服的冶妮，走在他的前面，肩上背上满受了月光的斜照。由他的醉眼看去，她的整个的身体，竟变作了凡尔赛皇宫园里的白石的人儿。他慢慢地走着看着，到后来终于立住了脚，不再前进了。在他的心里真恨不能把这一个在前面蠕动，正满含着烂熟的青春的肉体，生生地吞下肚去。冶妮似乎也自觉到了她在月光下的自己的裸体的魔力了，回头来向他微微地一笑，又很妖媚地点了点头。这一刹那贯流在逸群的血脉里的冷静的血液都被她煽热了，同醉汉似的踉跄向前冲了几步，当他还没有立定的时候，一个柔软得同无骨动物似的微温的肉体就倒进了他的怀里。冶妮向后一靠，她的肥突的后部便紧贴上了他的腹下，一阵浓袭得难耐的奥凫贡特制的百和香味红濛地喷进了他的鼻空，麻醉了他的神志。注目向自己的鼻下一看，他只看见了一张密闭着眼睛，嘴唇抽动，向后倒粘在他颊下的冶妮的脸。

"冶——妮——……我的可爱——的冶——妮——……"

紧抱住了她的腰部，这样很细很细地拖长叫了一声，他就觉得两条微带着酒气的，同火也似的热烈的嘴唇往上一耸竟吸上他的嘴边来了。

在月光底下，在海浪高头，保住了这样的一个姿势，吸着吻着,他俩不晓得踯立了多少时候,忽而朦胧地幽远地 Orchestra[①]的乐音就波渡过来了。冶妮突然狠命地钩舌吸了他一口,旋转了身子,捏住了他的右手,张大了眼盯视住他的两眼,就开始移动了起来,逸群也便顺势对抱住了她的腰围和她半走半跳地走回到了跳舞的厅里。

这一晚的酣歌醉舞,一直闹到了午前两三点钟的样子。贝葛曼老夫妇早已回到了自己的舱室里去睡了,而冶妮当跳到了舞兴阑珊的夜半,又引诱着逸群出来,重到了月落星繁,人影全空的那一角回栏的曲处。她献尽了万种的媚态,一定要逸群于明朝也和他们一道,同在 Port Said 上陆,也和他们同上埃及内部去旅行。她一定要逸群答应她永远地和她在一处作她的伴侣。但这时候,逸群的酒意,也已经有七八分醒了,当他靠贴住冶妮的呼吸起伏得很急的胸腰,在听取她娓娓地劝诱他降伏的细语的中间,终于想起了千疮百孔,还终不能和欧美列强处于对等地位的祖国;他又想起了亨利·詹姆斯也曾经描写过的那一种最喜玩弄男子,而行为性格却完全不能捉摸的美国的妇人型。

第二天船到了埠头,他虽则也曾送他们上了岸,和他们一起

---

① 英文:管弦乐队。

在岸上的大旅馆里吃了一次丰盛的大晚餐,两人之间可终没有突破那最后的一道防线。晚餐之后,她和他同来到了埠头月下,重送她上船去的时候,虽则也各感到了一重隐隐的伤感,虽则也曾交换了几次热烈的拥抱与深吻,但到后来却也终只坚约了后会,高尚纯洁地在岸边各分了手。

一九三一年三月至五月①

---

① 此日期为本篇在《青年界》杂志第一卷第一期到第三期连载的时间。

杨梅烧酒

病了半年，足迹不曾出病房一步，新近起床，自然想上什么地方去走走。照新的说法，是去转换转换空气；照旧的说来，也好去祓除祓除邪孽的不祥；总之久蛰思动，大约也是人之常情，更何况这气候，这一个火热的土王用事的气候，实在在逼人不得不向海天空阔的地方去躲避一回。所以我首先想到的，是日本的温泉地带，北戴河，威海卫，青岛，牯岭等避暑的处所。但是衣衫褴褛，饘粥不全的近半年来的经济状况，又不许我有这一种模仿普罗大家的阔绰的行为。寻思的结果，终觉得还是到杭州去好些；究竟是到杭州去的路费来得省一点，此外我并且还有一位旧友在那里住着，此去也好去看他一看，在灯昏酒满的街头，也可以去和他叙一叙七八年不见的旧离情。

像这样决心以后的第二天午后，我已经在湖上的一家小饭馆里和这位多年不见的老朋友在吃应时的杨梅烧酒了。

屋外头是同在赤道直下的地点似的伏里的阳光，湖面上满泛着微温的泥水和从这些泥水里蒸发出来的略带腥臭的汽层儿。大道上车夫也很少，来往的行人更是不多。饭馆的灰尘积得很厚的许多桌子中间，也只坐有我们这两位点菜要先问一问价钱的顾客。

他——我这一位旧友——和我已经有七八年不见了。说起来实在话也很长，总之，他是我在东京大学里念书时候的一位预科的级友。毕业之后，两人东奔西走，各不往来，各不晓得各的住址，已经隔绝了七八年了。直到最近，似乎有一位不良少年，在假了我的名氏向各处募款，说："某某病倒在上海了，现在被收留在上海的一个慈善团体的××病院里。四海的仁人君子，诸大善士，无论和某某相识或不相识的，都希望惠赐若干，以救某某的死生的危急。"我这一位旧友，不知从什么地方，也听到了这一个消息，在一个月前，居然也从他的血汗的收入里割出了两块钱来，慎重其事地汇寄到了上海的××病院。在这××病院内，我本来是有一位医士认识的，所以两礼拜前，他的那两元义捐和一封很简略的信终于由那一位医士转到了我的手里。接到了他这封信，并且另外更发见了有几处有我署名的未完稿件发表的事情之后，向远近四处去一打听，我才原原本本的晓得了那一位不良少年所

杨梅烧酒

作的在前面已经说过的把戏。而这一出实在也是滑稽得很的小悲剧，现在却终于成了我们两个旧友的再见的基因。

他穿的是肩头上有补缀的一件夏布长衫，进饭馆之后，这件长衫却被两个纽扣吊起，挂上壁上去了。所以他和我，都只剩了一件汗衫，一条短裤的野蛮形状。当然他的那件汗衫比我的来得黑，而且背脊里已经有两个小孔了，而我的一件哩，却正是在上海动身以前刚花了五毫银币新买的国货。

他的相貌，非但同七八年前没有丝毫的改变，就是同在东京初进大学预科的那一年，也还是一个样儿。嘴底下的一簇绕腮胡，还是同十几年前一样，似乎是刚剃过了三两天的样子，长得正有一二分厚，远看过去，他的下巴像一个倒挂在那里的黑漆小木鱼。说也奇怪，我和他同学了四五年，及回国之后又不见了七八年的中间，他的这一簇绕腮胡，总从没有过长得较短一点或较长一点的时节。仿佛是他娘生他下地来的时候，这胡须就那么地生在那里，以后直到他死的时候，也不会发生变化似的。他的两只似乎是哭了一阵之后的肿眼，也仍旧是同学生时代一样，只是朦胧地在看着鼻尖，淡含着一味莫名其妙的笑影。额角仍旧是那么宽，颧骨仍旧是高得很，颧骨下的脸颊部仍旧是深深地陷入，窝里总有一个小酒杯好摆的样子。他的年纪，也仍旧是同学生时代一样，看起来，从二十五岁到五十二岁止的中间，无论哪一个年龄都可以看的。

当我从火车站下来，上离车站不远的一个暑期英算补习学校——这学校也真是倒霉，简直是像上海的专吃二房东饭的人家的两间阁楼——里去看他的时候，他正在那里上课。一间黑漆漆的矮屋里，坐着八九个十四五岁的呆笨的小孩，眼睛呆呆的在注视着黑板。他老先生背转了身，伸长了时时在起痉挛的手，尽在黑板上写数学的公式和演题，屋子里声息全无，只充满着滴滴答答的他的粉笔的响声。因此他那一个圆背和那件有一大块被汗湿透的夏布长衫，就很惹起了我的注意。我在楼下向他们房东问他的名字的时候，他在楼上一定是听见的，同时在这样静寂的授课中间，我的一步一步走上楼去的脚步声，他总也不会不听到的。当我上楼之后，他的学生全部向我注视的一层眼光，就可以证明，但是向来神经就似乎有点麻木的他，竟动也不动一动，仍在继续着写他的公式，所以我只好静静的在后一排学生的一个空位里坐落。他把公式演题在黑板上写满了，又从头至尾的看了一遍，看有没有写错，又朝黑板空咳了两三声，又把粉笔放下，将身上的粉末打了一打干净，才慢慢的转身来。这时候他的额上嘴上，已经盛满了一颗颗的大汗。他的红肿的两眼，大约总也已满被汗水封没了罢，他竟没有看到我而若无其事的又讲了一阵，才宣告算学课毕，教学生们走向另一间矮屋里去听讲英文。楼上起了动摇，学生们争先恐后的奔往隔壁的那间矮屋里去了，我才徐徐的立起身来，走近了他，把手伸出向他的粘湿的肩头上拍了一拍。

"噢，你是几时来的？"

终于他也表示出了一种惊异的表情，举起了他那两只朦胧的老在注视鼻尖的眼睛。左手捏住了我的手，右手他就在袋里摸出了一块黑而且湿的手帕来揩他头上的汗。

"因为教书教得太起劲了，所以你的上来，我竟没有听到。这天气可真了不得。你的病好了么？"

他接连着说出了许多前后不接的问我的话，这是他的兴奋状态的表示，也还是学生时代的那一种样子。我略答了他一下，就问他以后有没有课了。他说：

"今天因为甲班的学生，已经毕业了，所以只剩了这一班乙班，我的数学教完，今天是没有课了。下一个钟头的英文，是由校长自己教的。"

"那么我们上湖滨去走走，你说可以不可以？"

"可以，可以，马上就去。"

于是乎我们就到了湖滨，就上了这一家大约是第四五流的小小的饭馆。

在饭馆里坐下，点好了几盘价廉可口的小菜，杨梅烧酒也喝了几口之后，我们才开始细细的谈起别后的天来。

"你近来的生活怎么样？"开始头一句，他就问起了我的职业。

"职业虽则没有，穷虽则也穷到可观的地步，但是吃饭穿衣的几件事情，总也勉强的在这里支持过去。你呢？"

"我么？像你所看见的一样，倒也还好。这暑期学校里教一个月书，倒也有十六块大洋的进款。"

"那么暑期学校完了就怎么办哩？"

"也就在那里的完全小学校里教书，好在先生只有我和校长两个，十六块钱一个月是不会没有的。听说你在做书，进款大约总还好罢？"

"好是不会好的，但十六块或六十块里外的钱是每月弄得到的。"

"说你是病倒在上海的养老院里的这一件事情，虽然是人家的假冒，但是这假冒者何以偏又要来使用像你我这样的人的名义哩？"

"这大约是因为这位假冒者受了一点教育的毒害的缘故。大约因为他也是和你我一样的有了一点知识而没有正当的地方去用。"

"嗳，嗳，说起知识的正当的用处，我到现在也正在这里想。我的应用化学的知识，回国以后虽则还没有用到过一天，但是，但是，我想这一次总可以成功的。"

谈到了这里，他的颜面转换了方向，不在向我看了，而转眼看向了外边的太阳光里。

"嗳，这一回我想总可以成功的。"

他简直是忘记了我，似乎在一个人独语的样子。

"初步机械二千元，工厂建筑一千五百元，一千元买石英等材料和石炭，一千元人夫广告，嗳，广告却不可以不登，总计五千五百元。五千五百元的资本。以后就可以烧制出品，算它只出一百块的制品一天，那么一三得三，一个月三千块，一年么三万六千块。打一个八折，三八两万四，三六一千八，总也还有两万五千八百块。以六千块还资本，以六千块做扩张费，把一万块钱来造它一所住宅，嗳，住宅，当然公司里的人是都可以来住的。那么，那么，只教一年，一年之后，就可以了……"

我只听他计算得起劲，但简直不晓得他在那里计算些什么，所以又轻轻地问他：

"你在计算的是什么？是明朝的演题么？"

"不，不，我说的是玻璃工厂，一年之后，本利偿清，又可以拿出一万块钱来造一所共同的住宅，吓，你说多么占利啊！嗳，这一所住宅，造好之后，你还可以来住哩，来住着写书，并且顺便也可以替我们做点广告之类，好不好？干杯，干杯，干了它这一杯烧酒。"

莫名其妙，他把酒杯擎起来了，我也只得和他一道，把一杯杨梅已经吃了剩下来的烧酒干了。他干下了那半杯烧酒，紧闭着嘴，又把眼睛闭上，陶然地静止了一分钟。随后又张开了那双红肿的眼睛。大声叫着茶房说：

"堂倌！再来两杯！"

两杯新的杨梅烧酒来后，他紧闭着眼，背靠着后面的板壁，一只手拿着手帕，一次一次的揩拭面部的汗珠，一只手尽是一个一个的拿着杨梅在往嘴里送。嚼着靠着，眼睛闭着，他一面还尽在哼哼的说着：

"嗳，嗳，造一间住宅，在湖滨造一间新式的住宅。玻璃，玻璃么，用本厂的玻璃，要斯断格拉斯。一万块钱，一万块大洋。"

这样的哼了一阵，吃杨梅吃了一阵了，他又忽而把酒杯举起，睁开眼叫我说：

"喂，老同学，朋友，再干一杯！"

我没有法子，所以只好又举起杯来和他干了一半，但看看他的那杯高玻璃杯的杨梅烧酒，却是杨梅与酒都已吃完了。喝完酒后，一面又闭上眼睛，向后面的板壁靠着，一面他又高叫着堂倌说：

"堂倌！再来两杯！"

堂倌果然又拿了两杯盛得满满的杨梅与酒来，摆在我们的面前。他又同从前一样的闭上眼睛，靠着板壁，在一个杨梅，一个杨梅的往嘴里送。我这时候也有点喝得醺醺地醉了，所以什么也不去管它，只是沉默着在桌上将两手叉住了头打瞌睡，但是在还没有完全睡熟的耳旁，只听见同蜜蜂叫似的他在哼着说：

"啊，真痛快，痛快，一万块钱！一所湖滨的住宅！一个老同学，一位朋友，从远地方来，喝酒，喝酒，喝酒！"

我因为被他这样的在那里叫着，所以终于睡不舒服。但是这伏天的两杯杨梅烧酒，和半日的火车旅行，已经弄得我倦极了，所以很想马上去就近寻一个旅馆来睡一下。这时候正好他又睁开眼来叫我干第三杯烧酒了，我也顺便清醒了一下，睁大了双眼，和他真真地干了一杯。等这一杯似甘非甘的烧酒落肚，我却也有点支持不住了，所以就教堂倌过来算账。他看见了堂倌过来，我在付账了，就同发了疯似的突然站起，一只手叉住了我那只捏着纸币的右手，一只左手尽在裤腰左近的皮袋里乱摸；等堂倌将我的纸币拿去，把找头的铜元角子拿来摆在桌上的时候，他脸上一青，红肿的眼睛一吊，顺手就把桌上的铜元抓起，锵丁丁的掷上了我的面部。扑搭地一响，我的右眼上面的太阳穴里就凉阴阴地起了一种刺激的感觉，接着就有点痛起来了。这时候我也被酒精激刺着发了作，呆视住他，大声地喝了一声：

"喂，你发了疯了么，你在干什么？"

他那一张本来是畸形的面上，弄得满面青青，涨溢着一层杀气。

"操你的，我要打倒你们这些资本家，打倒你们这些不劳而食的畜生，来，我们来比比腕力看。要你来付钱，你算在卖富么？"

他眉毛一竖，牙齿咬得紧紧，捏起两个拳头，狠命的就扑上了我的身边。我也觉得气极了，不管三七二十一就和他扭打了拢来。

白丹，丁当，扑落扑落的桌椅杯盘都倒翻在地上了，我和他两个就也滚跌到了店门的外头。两个人打到了如何的地步，我简直不晓得了，只听见四面哗哗哗哗的赶聚了许多闲人车夫巡警拢来。

等我睡醒了一觉,渴想着水喝,支着鳞伤遍体的身体在第二分署的木栅栏里醒转来的时候,短短的夏夜,已经是天将放亮的午前三四点钟的时刻了。

我睁开了两眼,向四面看了一周,又向栅栏外刚走过去的一位值夜的巡警问了一个明白,才朦胧地记起了白天的情节。我又问我的那位朋友呢,巡警说,他早已酒醒,两点钟之前回到城站的学校里去了。我就求他去向巡长回禀一声,马上放我回去。他去了一刻之后,就把我的长衫草帽并钱包拿还了我。我一面把衣服穿上,出去去解了一个小解,一面就请他去倒一碗水来给我止渴。等我将五元纸币私下塞在他的手里,戴上草帽,由第二分署的大门口走出来的时候,天已经完全亮了。被晓风一吹,头脑清醒了一点,我却想起了昨天午后的事情全部,同时在心坎里竟同触了电似的起了一层淡淡的忧郁的微波。

"啊啊,大约这就是人生罢!"

我一边慢慢地向前走着,一边不知不觉地从嘴里却念出了这样的一句独白来。

一九三〇年八月作

在寒风里

上

老东家——你母亲——年纪也老了,这一回七月里你父亲做七十岁阴寿的时候,他们要写下分单来分定你们弟兄的产业。帖子早已发出,大娘舅,二娘舅,陈家桥的外公,范家村的大先生,阿四老头,都在各帮各亲人的忙,先在下棋布局,为他们自己接近的人出力。你的四位哥哥,也在日日请酒探亲,送礼,拜客。和尚,我是晓得你对这些事情都不愿意参预的,可是五嫂同她的小孩们,将来教她们吃什么呢?她们娘家又没有什么人,族里的房长家长,又都对你是不满意的,只有我这一个老不死,虽在看不过他们的黑心,虽在日日替你和五嫂抱不平,但一个老长工,在分家的席上,哪里有一句话分。所以无论如何，你接到这一封信后，总要马上回来，来赶七月十二日那一天阴寿之期。他们那一群豺狼，当了你的面，或者也会客气一点。五嫂是晓得你的脾气，知道你不耐烦听到这些话的，所以教我信也不必去发。但眼见得死了的老东家最痛爱的你这一房，将来要弄得饭都吃不成，那我也对不起死了的老东家你的父亲，这一封信是我私下教东门外的测字先生写的，怕你没回来的路费，我把旧年年底积下来的五块钱封在里头，接到这一封信之后，请你千万马上就回来。

这是我们祖父手里用下来的老仆长生写给我的那封原信的大意。但我的接到这信，是刚在长江北岸扬州城外的一个山寺里住下的时候，已在七月十二那一天父亲的阴寿之期之后了。

自己在这两三年中，辗转流离，老是居无定所。尤其是今年入春以后，因为社会的及个人的种种关系，失去了职业，失去了朋友亲戚还不算稀奇，简直连自己的名姓，自己的生命都有失去的危险，所以今年上半年中迁徙流寓的地方比往常更其不定，因而和老家的一段藕丝似的关系也几乎断绝了。

长生的那封用黄书纸写的厚信封面上，写着的地址原是我在半年以前住过一个多月的上海乡下的一处地方。其后至松江，至苏州，至青岛，又回到上海，到无锡，到镇江，到扬州，直到阴历的八月尽头方在扬州乡下的那山寺里住下，打算静息一息之后，再作云游的计划的；而秋风凉冷，树叶已萧萧索索地在飞掉下来，江北的天气，早就变成了残秋的景象了。可怜忠直的长生的那封书札，也像是有活的义勇的精神保持着的样子，为追赶我这没出息的小主人的原因，也竟自南而北，自北而南，不知走尽了几千里路。这一回又自上海一程一程的随车北上，直到距离他发信之日有两个多月的时间之后，方才到了我的手里。信封面上的一张一张的附笺，和因转递的时日太久而在信封上自然发生的一条一条的皱痕，都像是那位老仆的呐呐吐说不清的半似爱惜半似责难的言语，我于接到他那封厚信的时候，真的感到了一种不可以命名的怯惧，有好一晌不敢把它拆打开来阅读它的内容。

对信封面呆视了半天，心里自然而然的涌起了许多失悔告罪之情，又朦朦胧胧地想起了些故乡的日常生活，和长生平时的言动举止的神情之后，胆子一大，我才把信拆开了。在一行一行读下去的中间，我的双眼虽则盯住在那几张粗而且黄的信纸之上，然而脑里却正同在替信中的言语画上浓厚的背景去的一样，尽在展开历来长生对我们一族的关系的各幅缩写图来。

长生虽然是和我们不同姓的一个外乡人，但我们家里六十年来的悲欢大事，总没有一次他是不在场的。他跟他父亲上我们屋里来做看牛的牧童的时候，我父亲还刚在乡塾里念书，我的祖父祖母还健在着哩。其后我们的祖父死了，祖母于为他那独养儿子娶媳妇——就是我们的母亲——之先，就把她手下的一个使婢配给了他，他们两口儿仍复和我们在一道住着。后来父亲娶了我们母亲，我们弟兄就一个一个的生下来了，而可怜的长生，在结婚多年之后，于生头一个女儿的时候，他的爱妻却在产后染了重病，和他就成了死别。他把女儿抱回到了自己的乡里去后，又仍复在我们家里做工。一年一年的过去，他看见了我们弟兄五人的长成，看见了我们父亲祖母的死去，又看见了我们弟兄的娶妇生儿，而他还是和从前一样的在我们家里做工。现在第三代都已经长成了，他的女儿也已经嫁给了我们附近的一家农家的一位独身者做媳妇，生下了外孙了，他也仍旧还在我们家里做工。

　　他生性是笨得很的，连几句极简单的话都述说不清，因此他也不大欢喜说话；而说出一句话来的时候，总是毒得不得了，坚决得不得了的。他的高粗的身体和强大的气力，却与此相反，是什么人见了也要生怕惧之心的，所以平时他虽则总是默默不响，由你们去说笑话嘲弄他，但等他的毒性一发作，那他就不问轻重，不管三七二十一，无论什么重大的物事如捣臼磨石之类，他都会抓着擎起，合头盖脑的打上你的身来。可是于这样的毒脾气发了之后，等弥天的大祸闯出了之后，不多一忽，他就会同三岁的小孩子一样，流着眼泪，合掌拜倒在你的面前，求你的宽恕，乞你的饶赦，直到你破颜一笑，仍复和他和解了的时候为止。像这样愚笨无灵的他，大家见了他那种仿佛是吃了一惊似的表情，大约总要猜想他是一个完全没有神经，没有感情的人了，可是事实上却又不然。

他于那位爱妻死了的时候，一时大家都以为他是要为发疯而死的了。他的两眼是呆呆向前面的空处在直视的，无论坐着立着的时候，从旁边看将起来，总好像他是在注视着什么的样子；你只须静守着他五分钟的时间，他在这五分钟之内，脸上会一时变喜，一时变忧的变好几回。并且在这中间，不管他旁边有没有人在，他会一个人和人家谈话似的高声独语起来。有时候简直会同小孩子似的哗的一声高哭出来。眼泪流满了两颊，流上了他的那两簇卷曲黄黑的胡子，他也不想去擦一擦，所以亮晶晶的泪滴，老是同珍珠似的挂在他的胡子角上的。有时候在黑夜里，他这样的独语一阵，高哭一阵之后，就会从床上跳起身来，轻轻开了大门，一个人跑出去，去跑十几里路，上北乡我们的那座祖坟山边上他那爱妻的墓上去坐到天明。像这样的状态,总继续了半年的样子,后来在寒冬十二月的晚上,他冒了风雪,这样的去坐了一宵,回来就得了一场大病。大病之后,他的思念爱妻之情,似乎也淡薄下去了。可是直到今日,你若提起一声夏姑——这是他爱妻的名字——他就会坐下来夏姑长夏姑短的和你说许许多多的废话。

第二次的他的发疯,是当我父亲死的那一年。大约因我父亲之死,又触动了他的对爱妻悲悼之情了罢,他于我父亲死后,哭了叫了几天还不足,竟独自一个人上坟山脚下的那座三开间大的空庄屋里去住了两个多月。

在最近的——虽说是最近,但也已经是六七年前的事情了——我们祖母死的时候,照理他是又该发疯的,但或者是因为看见死的场面已经看惯了的原因罢,他的那一种疯症竟没有发作。不过在替祖母送葬的那一天,他悲悲切切地在路上哭送了好几里路。

在这些生死大难之间,或者是可以说感情易动的,倒还不足以证实他的感情纤弱来;最可怪的,是当每年的冬天,我们不得不卖田地房屋过年的时候,他也总要同疯了似的乱骂乱嚷,或者竟自朝至晚一句话也不讲的死守着沉默地过几天日子。

因为他这种种不近人情的结果,所以在我们乡里竟流行开了一个他的绰号。"长生癫子"这四个字,在我们邻近的各乡里,

迟桂花

差不多是无人不识的。可是这四个字的含义,也并不是完全系讥笑他的意思。有一半还是指他的那种对东家尽心竭力的好处在讲,有一半却是形容他的那种怪脾气和他的那一副可笑的面容了,这一半当然是对他的讥笑。

说到他的面容,也实在太丑陋了。一张扁平的脸,上面只看得出两个大小不同的空洞,下面只看得出几簇黄曲的毛。两个空洞,就是他的眼睛,同圆窗似的他这两只眼睛,左右眼的大小是不同的。右眼比左眼要大三分之一,圆圆的一个眶里,只见有黑眼珠在那里放光,眼白是很少的,不过在外围边上有狭狭的一线而已。他的黄胡子也生得很奇怪,平常的人总不过在唇上唇下,或者会生两排长胡,而他的胡子却不然。正当嘴唇之上,他是没有胡子的,嘴唇角上有洋人似的两簇,此外在颊骨下,一直连到喉头,这儿一丛,那儿一簇的不晓得有几多堆,活像是玉蜀黍头上生在那里的须毛。他的皮色是黑里带紫的,面皮上一个个的毛孔很大很深,近一点看起来,几乎要疑他是一张麻脸。鼻头是扁平的朝天鼻,那张嘴又老是吃了一惊似的张开在那里的。因为他的面相是这样,所以我们乡下若打算骗两三岁的小孩要他恐怖的时候,只教说一声"长生癫子来了"就对,小孩们听见了"长生癫子"这四个字,在哭的就会止住不哭,不哭的或者会因恐怖而哭起来。可是这四个字也并不是专在这坏的方面用的，有时候乡下的帮佣者对人家的太出力的长工有所非难不满的时候，就会说"你又不是长生癞子，要这样的帮你们东家干什么？"

我在把长生的来信一行一行地读下去的中间，脑里尽在展开以长生为中心的各种悲喜的画幅来。不识是什么原因，对于长生的所以要写那封信给我的主要动机，就是关于我们弟兄析产的事情等，我却并不愿多费一点思索。后来读到了最后一张，捏到了重重包在黄书纸里的那张中国银行的五元旧钞票的时候，不晓怎么，我却忽而觉得心里有点痛起来了。无知的长生，他竟把这从节衣节食中积起来的五块钱寄给我了，并且也不开一张汇票，也不作一封挂号或保险信寄。万一这一封原信失去，或者中途被拆的时候，那你又怎么办呢？我想起了这一层，又想起了四位哥哥的对于经济得失的精明的计算，并且举起眼睛来看看寺檐头风云惨淡的山外的天空，茫然自失，竟不知不觉的呆坐到了天黑。等寺里的小和尚送上灯来，叫我去吃晚饭的时候，我的这一种似甘又苦的伤感情怀，还没有完全脱尽。

那一晚上当然是一晚没有睡着。我心里颠颠倒倒，想了许多事情。

自从离开故乡以来，到现在已经有十六七年了。这中间虽然也回去过几次，虽也时常回家去小住，然而故乡的这一个观念，和我现在的生活却怎么也生不出关系来。当然老家的田园旧业，也还有一点剩在那里。然而弟兄五人，个个都出来或念书或经商，用的钱是公众的，赚的钱是私己的，到了现在再说分家析产，还有点什么意义呢？并且像我这样的一个没出息的儿子，到如今花的家里的钱也已经不少了，末了难道还想去多争一亩田，多夺一间屋来养老么？弟兄的争产，是最可羞的一件事情，况且我由家庭方面，族人方面，和养在家里的儿女方面说起来，都是一个不能治产的没有户主资格的人，哪里还有面目再去和乡人见面呢？一想到这里，我觉得长生的这一封信的不能及时送到，倒是上帝有灵，仿佛是故意使我避过一场为难的大事似的。想来想去，想到了半夜，我就挑灯起来，写了一封回信，打算等天亮之后就跑到城里去寄出。

    读了长生的来信，使我悲痛得很。我不幸，不能做官发财，只晓得使用家里的金钱，到现在也还没有养活老婆儿子的能力。分家的席上，不管他们有没有分给我，我也决没有面目来多一句嘴的。幸喜长生的来信到此地已经是在分家的期后，倒使我免去了一种为难的处置。

无论如何，我想分剩下来，你们几口的吃住问题总可以不担心思的，有得分就分一点，没得分也罢了，你们可以到坟庄去安身，以祭田作食料的。我现在住在扬州乡下，一时不能回来，长生老了，若没有人要他去靠老，可以教他和我们同住。孤伶仃一个人，到现在老了，教他上哪里去存身呢？我现在身体还好，请你们也要保重，因为穷人的财产就是身体。……

这是我那封回信的大意，当然是写给我留养在家中的女人的。回信发后，这一件事情也就忘记了。并且天气也接连着晴了几天，我倒得了一个游逛的机会，凡天宁门广储门以北，及出西北门二三十里地的境内，各名胜的残迹，都被我搜访到了。

下

寒空里刮了几日北风，本来是荒凉的扬州城外，又很急速的变了一副面相。黄沙弥漫的山野之间，连太阳晒着的时候都不能使人看出一点带生气的东西来。早晨从山脚下走过向城里运搬产物去的骡儿项下的那些破碎的铁铃，又塔兰塔兰地响得异常的凄寂，听起来真仿佛是在大漠穷荒，一个人无聊赖地伏卧在穹庐帐底，在度谪居的岁月似的。尤其是当灯火青荧的晚上，在睡不着的中间，倚枕静听着北风吹动寺檐的时候，我的喜欢热闹的心，总要渴念着大都会之夜的快乐不已。我对这一时已同入葬在古墓堆里似的平静的生活，又生起厌倦之心来了。正在这一个时候，我又接到了一封从故乡寄来的回信。

信上说得很简单，大旨是在告诉我这一回分家的结果。我的女人和小孩，已搬上坟庄去住了，田地分到了一点，此外就是一笔现款，系由这一次的出卖市房所得的，每房各分得了八百元。这八百元款现在还存在城里的聚康庄内，问我要不要用。母亲和二房同住，仍在河口村的老屋里住着。末了更告诉我说，若在外边没有事情，回家去一趟看看老母也是要紧的，她老人家究竟年纪老了，近来时常在患病。

接到了这一封信，我不待第二次的思索，就将山寺里的生活作了一个结束。第二天早晨一早，就辞别了方丈，走下山来。从福运门外搭汽车赶到江边，还是中午的时候，过江来吃了一点点心，坐快车到上海北站，正是满街灯火，夜市方酣的黄昏八九点之交。我雇了一乘汽车，当夜就上各处去访问了几位直到现在还对我保持着友谊的朋友，告诉他们以这几个月的寂寥的生活，并且告诉他们以再想上上海附近来居住的意思。朋友中间的一位，就为我介绍了一间在虹桥路附近的乡下的小屋，说这本来是他的一位有钱的亲戚，造起来作养病之所的。但等这小屋造好，病人已经入了病院，不久便死去了。他们家里的人到现在还在相信这小屋的不利，所以没有人去居住。假若我不嫌寂寞，那无论什么时候，都可以搬进去住的。我听了他的说明，就一心决定了去住这一间不利的小屋，因而告诉他在这两三天内，想回故乡去看看老母，等看了老母回来马上就打算搬入这一间乡下的闲房去住，请他在这中间，就将一切的交涉为我代办办好。此外又谈了许多不关紧要的闲天，并上两三家舞场去看了一回热闹，到了后半夜才和他们分了手，在北站的一家旅馆内去借了一宵宿。

两天之后，我又在回故乡去的途上了。可是奇怪得很，这一回的回乡，胸中一点儿感想也没有。连在往年当回乡去的途中老要感到的那一种"我是落魄了回来了"的感伤之情都起不起来。

当午前十一点的时候，船依旧同平日一样似的在河口村靠了岸。我一个人也飘然从有太阳晒着的野道上，走回到那间朝南开着大门的老屋里去。因为是将近中午的缘故，路上也很少有认识的人遇见。我举起了很轻的脚步，嘴里还尖着嘴唇在吹着口笛，舒徐缓慢，同刚离开家里上近村去了一次回来的人似的在走回家去。走到围在房屋外围的竹篱笆前,一切景象,还都同十几年前的样子一样。庭前的几棵大树,屋后的一排修竹,黑而且广的那一圈风火围墙,大门上的那一块南极呈祥的青石门楣,都还同十几年前的样子一点儿也没有分别。直到我走尽了外圈隙地,走进了大门之后,我的脚步便不知不觉地停住了。大厅上一个人影也没有。本来是挂在厅前四壁的那些字画对联屏条之类,都不知上哪里去了。从前在厅上摆设着的许多红木器具,两扇高大的大理石围屏,以及锡制的烛台挂灯之类,都也失了踪影,连天井角里的两只金鱼大缸都不知去向了。空空的五开间的这一间厅屋,只剩了几根大柱和一堆一眼看将起来原看不大清爽的板凳小木箱之类的东西堆在西首上面的厅角落里。大门口,天井里,同正厅的檐下原有太阳光晒在那里的,但一种莫名其妙的冷气突然间侵袭上了我的全身。这一种衰败的样子,这一幅没落的景象,实在太使我惊异了。我呆立了一阵,从厅后还是没有什么人出来,再举起眼睛来看了看四周,我真想背转身子就举起脚步来跑走了。但当我的视线再落到西首厅角落里的时候,一个红木制的同小柜似的匣子背形,却从乱杂的一堆粗木器的中间吸住了我的注意,从这匣子的朝里一面的面上波形镶在那里的装饰看起来,一望就可以断定它是从前系挂钉在这厅堂后楼上的那个精致的祖宗堂无疑。

我还记得少年的时候，从小学校放假回来，如何的爱偷走上后楼去看这雕刻得很精致的祖宗堂过。我更想起当时又如何的想把这小小的祖宗堂拿下来占为己有，想将我所爱的几个陶器的福禄寿星人物供到里头去过。现在看见了这祖宗堂的被乱杂堆置在这一个地方，我的想把它占为己有的心思一时又起来了，不过感到的感觉和年少的时候却有点不同。那时候只觉得它是好玩得很，不过想把它拿来作一个上等的玩具，这时候我心里感到的感觉却简单地说不出来，总觉得这样的被乱堆在那里还是让我拿了去的好。

我一个人呆立在那里看看想想，不知立了多少时候，忽而听见背后有跑得很快的脚步声响了。回转头来一看，我又吃了一惊。两年多不见的侄儿阿发，竟穿上了小操衣，拿着了小书包从小学里放学回来了。他见了我，一时也同惊极了的一样，忽而站住了脚，张大了两眼和那张小嘴，对我呆呆注视了一会。等我笑着叫他"阿发，你娘哩！"的时候，他才作了笑脸，跳近了我的身边叫我说：

"五叔，五叔，你什么时候回来的？……娘在厨下烧饭罢？爸爸和哥哥等都上外婆家去了。"

我抚着他的头，和他一道想走进厨下去的中间，忽儿听见东厢房楼板上童童的一声，仿佛是有一块大石倒下在楼板上的样子。我举起头来向有声响的地方一看，正想问他的时候，他却轻轻地笑着告诉我说：

"娜娜（祖母）在叫人哩！因为我们在厨下的时候多，听不出她的叫声，所以把那个大秤锤给了她，教她要叫人的时候，就那么的从床上把铁锤推下来的。"

他的话还没有说完，东北角的厅里果然二嫂嫂出来了。突然看见了我和阿发，她也似乎吃了一惊，就大声笑着说：

"啊，小叔，你是什么时候回来的？五婶正教长生送了一篮冬笋来，他还在厨下坐着哩，你还没有回到庄屋里去过么？"

"是刚刚从轮船上来的。娘哩？还睡在那里么？"

"这一向又睡了好几天了，你却先上厨下去洗个面喝口茶罢，我上一上去就来。"

说着她就走上了东夹弄里的扶梯，我就和阿发一道走进到了厨下。

长生背朝着外面，驼了背坐在灶前头那张竹榻上吸烟，听见了我和阿发的脚步声，他就立了起来。看见了我，猛然间他也惊呆住了。

"噢，和和……，五五……，你你……"

可怜急得他叫也叫不出来，我和阿发，看了他那一种惊惶着急的样子，不觉都哈哈哈哈的笑起来了，原来我的乳名叫作和尚，小的时候，他原是和尚和尚的叫我叫惯的，现在因为长年的不见，并且我也长大了，所以他看见我的时候，老不知道叫我作什么的好。我笑了一阵，他的惊惶的样子也安定了下去，阿发也笑着跑到灶下去弄火去了，我才开始问他：

"你仍和我们住在一道么？庄屋里的情形怎么样？"

他摇了摇头，作了一副很认真的样子，对我呆视着轻轻的问说：

"和和……五，五先生，我那信你接到了么？你……你的来信，我也听见说了，我很多谢你，可是我那女儿，也在叫我去同她们住。"

说到这里，二嫂嫂已从前面走了进来，我就把长生撒下，举起眼睛来看她。我在她的微笑的脸上，却发见了一道隐伏在眉间的忧意。

"老人家的脾气，近来真越变得古怪了。"

她微笑摇摇头说。

"娘怎么样，病总不十分厉害吧？"

我问她。

"病倒没有什么，可是她那种脾气，长生吓，你总也知道的罢？"

说着她就转向了长生,仿佛是在征他的同意。我这回跑了千把里路,目的是想来看看这一位老母的病状的,经嫂嫂那么的一说,心里倒也想起了从前我每次回来,她老人家每次总要和我意见冲突,弄得我不得不懊恼而走的种种事情,一瞬间我却失悔了,深悔我这一回的飘然又回到了故乡来。但再回头一想,觉得她老人家究竟是年纪大了,像这样在外面流离的我,如此的更和她能够见得几回的面。所以一挺起身,我就想跑出前厅上楼去看看她的病容。但走到了厅门边上,嫂嫂又叫我回去说:

"小叔,你是明白的人,她老人家脾气向来是不好的,你现在还是不去看她罢,等吃了饭后,她高兴一点的时候再去不迟。"

被嫂嫂这么的一阻,我却更想急急乎去见见她老的面了,于是就不管三七二十一,跑出前厅,跑上了厢楼。

厢楼上的窗门似乎因为风多都关闭在那里,所以房里面光线异常的不足。我上楼之后,就开口亲亲热热地叫了一声"娘!"但好久没有回音。等我的目光习惯了暗处的光线,举目向床上看去的时候,我才看出了床上的帐子系有半边钩挂起在那里的,我们的那位老母却背朝着了外床,打侧睡在棉被窝里。看了她半天的没有回音,我以为她又睡着在那里了,所以不敢再去惊动,就默默的在床前站立了好一会。看看她是声息也没有,一时似乎是

不会醒转来的样子,我就打算轻轻走下楼来了。但刚一举脚,床上我以为是睡着的她却忽而发了粗暴的喉音说:

"你也晓得回来的么?"

我惊异极了,正好像是临头被泼了一身冷水。

"你回来是想来分几个钱去用用的罢?我的儿女要都是像你一样,那我怕要死了烂在床上也没有人来收拾哩!哼,你们真能干,你那媳妇儿有她的毒计,你又有你的方法。今天我是还没有死哩,你又想来拆了我的老骨头去当柴烧了么?我的这一点金器,可是轮不到你们俩的,老实先同你们说了罢?"

我听了她的这一番突如其来的毒骂,真的知觉也都失去,弄得全身的血液都似乎凝结住了。身上发了抖,上颚骨与下颚骨中间格格地发出了一种互击的声音。眼睛也看不出什么东西来了,黑暗里只瞥见有许多金星火花,在眼前迸发飞转,耳朵里也只是嗡嗡地在作怪鸣;我这样惊呆住兀立了不晓得有多少时候,忽而听见嫂嫂的声音在耳朵边上叫说:

"小叔,小叔,你上下面去吃饭去罢!娘也要喝酒了啊。"

我昏得连出去的路都辨不清了,所以在黑暗里竟跌翻了几张小凳才走出了厢楼的房门,听见我跌翻了凳子的声音之后,床里面又叫出来说:

"这儿的饭是不准你来吃的,这儿是老二的屋里,不是老屋了。"

我一跑下楼梯,走到了厅屋的中间,看见长生还抬起了头驼着了背很担忧似的在向厢房楼上看着。一见了他的这一副样子,我的知觉感情就都恢复了,一时勉强忍住得好久的眼泪,竟扑簌簌滚下了好几颗来。我头也不回顾一眼,就跑出了厅门,跑上了门前的隙地,想仍复跑上船埠头去等下午那一班向杭州出发的船走。但走上村道的时候,长生却含着了泪声,在后面叫我说:

"和和……和……,五先生,你等一等……"

我听了他的叫声,就也不知不觉的放慢了脚步,等他走近了我的背后,只差一两步路的时候,我就一边走着一边强压住了自己啜泣的鼻音对他说:

"长生,你回去罢,庄屋里我是不去了。我今晚上还要上上海去。"

在说话的中间他却已经追上了我的身边,用了他的那只大手,向我肩上一拉,他又呐呐的说:

"你,你去吃了饭去。他们的饭不吃,你可以上我女儿那里去吃的。等吃了饭我就送你上船好了。"

我听了他这一番话,心里更是难堪了,便举起袖子来擦了一擦眼泪,一句话也不说,由他拉着,跟他转了一个方向,和他走上了他女儿的家中。

等中饭吃好,手脸洗过,吸了一支烟后,我的气也平了,感情也回复了常态。因为吃饭的时候,他告诉了我许多分家当时的又可气又可笑的话,我才想起了刚才在厅上看见的那个祖宗神堂。我问了他些关于北乡庄屋里的事情,又问他可不可以抽出两三日工夫来,和我同上上海去一趟。他起初以为我在和他开玩笑,后来等我想把那个大家不要的祖宗堂搬去的话说出之后,他就跳起来说:

"那当然可以,我当然可以替你背了上上海去的。"

等他先上老屋去将那个神堂搬了过来,看看搭船的时间也快到了,我们就托他女儿先上药店里去带了一个口信给北乡的庄屋,说明我们两人的将上上海。

那一天晚上的沪杭夜车到北站的时候,我和他两个孤伶仃的清影,直被挤到了最后才走出铁栅门来,因为他背上背着那红木的神堂,走路不大方便,而他自己又仿佛是在背着活的人在背上似的,生怕被人挤了,致这神堂要受一点委屈。

第二天的午前,我先在上海将本来是寄存在各处的行李铺盖书架桌椅等件搬了一搬拢来,此外又买了许多食用的物品及零碎杂件等包作了一大包。午后才去找着了那位替我介绍的朋友，一同迁入了虬桥路附近的那间小屋。

等洗扫干净，什器等件摆置停当之后，匆促的冬日，已经低近了树梢，小屋周围的草原及树林中间，早已有渺茫的夜雾蒙蒙在扩张开来了。这时候我那朋友，早已回去了上海，虽然是很小，但也有三小间宽的这一间野屋里只剩了我和长生的两个。我因为他在午后忙得也够了，所以叫他且在檐下的藤椅子上躺息一下吸几口烟，我自己就点上了洋烛，点上了煤油炉子，到后面的一间灶屋里去准备夜饭。

等我把一罐牛肉和一罐芦笋热好，正在取刀切开面包来的时候，从黑暗的那间朝南的起坐室里却呜呜的传了一阵啜泣的声音过来。我拿了洋烛及面包等类，走进到这间起坐室的时候，哪里知道我满以为躺坐在檐下藤椅上吸烟的长生，竟跪坐在那祖宗神堂的面前地上，两手抱着头尽在那里一边哭一边噜噜苏苏动着了嘴似在祷告。我看了这一种单纯的迷信，心里竟也为他所打动了，在旁边呆看了一忽，把洋烛和面包之类向桌上一摆，我就走近了他的身边伏下去扶他起来叫他说：

"长生，起来吃饭罢！"

他听了我这一声叫，似乎更觉得悲伤了，就放大了声音高哭了起来；我坐倒在椅上，慢慢的慰抚了半天，他才从地上立起，与我相对坐着，一边哭一边还继续的说：

"和尚，我实在对老东家不起。我……我我实在对老东家不起。……要你……要你这样的去烧饭给我吃。……你那几位兄嫂，……他们……他们真是黑心。……田地……田地山场他们都夺的夺争的争抢了去了……只……只剩了一个坟庄……和这一个神堂给你们。……我……我一想起老东家在日，你们哥儿几个有的是穿有的是吃……住的是……是那间大厅堂，……到现在你……你只一个人住上这间小……小的草屋里来，……还要……还要自己去烧饭……我……真对老东家不起……"

对这些断续的苦语，我一边在捏着面包含在嘴里，一边就也解释给他听说：

"住这样的草舍也并不算坏，自己烧饭也是很有趣的。这几年也是我自己运气不好，找不到一定的事情，所以弄得大家都苦。若时运好一点起来，那一切马上就可以变过的。兄嫂们也怪他们不得，他们孩子又多，现在时势也真艰难。并且我一个人在外面用钱也的确用了太多了。"

说着我又记起了日间买来的那瓶威士忌酒，就开了瓶塞劝他喝了一杯，教他好振振精神，暖和一点。

这一餐主仆二人的最初的晚餐，整整吃了有四五个钟头。我在这中间把罐头一回一回的热了好几次。直到两人喝了各有些微醉，话到伤心，又相对哭了一阵之后，方才罢休。

第二天天未又起了寒风，我们睡到八点多钟起来，屋前屋后还满映着浓霜；洗完了手脸，煮了两大杯咖啡喝后，长生说要回去了，我就从箱子里取出了一件已经破旧的黑呢斗篷来，教他披上穿了回去。他起初还一定不肯穿着，后来直等我自己也拿了一件大氅来穿上之后，他才将那件旧斗篷搭上了肩头。

关好了门窗，和他两人走出来，走上了虬桥路的大道，同刀也似的北风吹得更猛了，长生到这里才把斗篷扯开，包紧了他那已经是衰老得不堪的身体。搭公共汽车到了徐家汇车站，正好去杭州的快车也就快到了。我替他买好了车票，送他上月台之后，他就催我快点回到那小屋里去，免得有盗贼之类的坏东西破屋进去偷窃。我和他说了许多琐碎的话后，回身就想走了，他又跑近了前来，将我那件大氅的皮领扯起，前后替我围得好好，勉强装成了一脸苦笑对我说：

"你快回去罢！"

我走开了几步，将出站台的时候，又回过来看了一眼，看见他还是身体朝着了我俯头在擦眼睛。我迟疑了一会，忽儿想起了

衣服袋里还搁在那里的他给我的那封厚信,就又跑了过去,将信从袋里摸了出来,把用黄书纸包好的那张五圆纸币递给他说:

"长生,这是你寄给我的。现在你总也晓得,我并不缺少钱用,你带了回去罢!"

他将搁在眼睛上的那只手放了下来,推住了我捏着纸币的那只右手,呐呐的说:

"我,我……昨天你给我的我还有在这儿哪!"

抬头向他脸上瞥了一眼,我看见有两行泪迹在他那黄黑的鼻坳里放光,并且嘴角上他的那两簇有珠滴的黄胡子也微微地在寒风里颤动。我忍耐不住了,喉咙头塞起了一块火热的东西来,眼睛里也突然感到了一阵酸热。将那包厚纸包向他的手里一掷,轻轻推了他一下,我一侧转身就放开大步急走出了车站。"长生,请你自己尊重!"我一边闭上了眼睛在那里急走,一边在心里却在默默的祝祷他的健康。

一九二九年一月作

迟桂花

××兄：

　　突然间接着我这一封信，你或者会惊异起来，或者你简直会想不出这发信的翁某是什么人。但仔细一想，你也不在做官，而你的境遇，也未见得比我的好几多倍，所以将我忘了的这一回事，或者是还不至于的。因为这除非是要贵人或境遇很好的人才做得出来的事情。前两礼拜为了采办结婚的衣服家具之类，才下山去。有好久不上城里去了，偶尔去城里一看，真是像丁令威的化鹤归来，触眼新奇，宛如隔世重生的人。在一家书铺门口走过，一抬头就看见了几册关于你的传记评论之类的书。再踏进去一问，才知道你的著作竟积成了八九册之多了。将所有的你的和关于你的书全买将回来一读，仿佛是又接见了十余年不见的你那副音容笑语的样子。我忍不住了,一遍两遍的尽在翻读,愈读愈想和你通一次信,见一次面。但因这许多年数的不看报,不识世务,不亲笔砚的缘故,终于下了好几次决心,而仍不敢把这心愿来实现。现在好了,关于我的一切结婚的事情的准备,也已经料理到了十之七八,而我那年老的娘,又在打算着于明天一侵早就进城去,早就上床去躺下了。我那可怜的寡妹,也因为白天操劳过了度,这时候似乎也已经坠入了梦乡,所以我可以静静儿的来练这久未写作的笔,实现我这已经怀念了有半个多月的心愿了。

  提笔写将下来,到了这里,我真不知将如何的从头写起。和你相别以后,不通闻问的年数,隔得这么的多,读了你的著作以后,心里头触起的感觉情绪,又这么的复杂;现在当这一刻的中间,汹涌盘旋在我脑里想和你谈谈的话,的确,不止像一部二十四史那么的繁而且乱,简直是同将要爆发的火山内层那么的热而且烈,急遽寻不出一个头来。

  我们自从房州海岸别来,到现在总也约莫有十多年光景了罢!我还记得那一天晴冬的早晨,你一个人立在寒风里送我上车回东京去的情形。你那篇《南迁》的主人公,写的是不是我?我自从那一年后,竟为这胸腔的恶病所压倒,与你再见一次面和通一封信的机会也没有,就此回国了。学校当然是中途退了学,连生存的希望都没有了的时候,哪里还顾得到将来的立身处世?哪里还顾得到身外的学艺修能?到这时候为止的我的少年豪气,我的绝大雄心,是你所晓得的。同级同乡的同学,只有你和我往来得最亲密。在同一公寓里同住得最长久的,也只有你一个人;时常劝我少用些功,多保养身体,预备将来为国家为人类致大用的,也就是你。每于风和日朗的晴天,拉我上多摩川上井之头公园及武藏野等近郊去散步闲游的,除你以外,更没有别的人了。那几年高等学校时代的愉快的生活,我现在只教一闭上眼,还历历透视得出来。看了你的许多初期的作品,这记忆更加新鲜了。我的所以愈读你的作品,愈想和你通一次信者,原因也就在这些过去的往事的追怀。这些都是你和我两人所共有的过去,我写也没有写得你那么好,就是不写你总也还记得的,所以我不想再说。我打算详详细细向你来作一个报告的,就是从那年冬天回故乡以后的十几年光景的山居养病的生活情形。

迟桂花

　　那一年冬天咯了血，和你一道上房州去避寒，在不意之中，又遇见了那个肺病少女——是真砂子罢？连她的名字我都忘了——无端惹起了那一场害人害己的恋爱事件。你送我回东京之后，住了一个多礼拜，我就回国来了。我们的老家在离城市有二十来里地的翁家山上，你是晓得的。回家住下，我自己对我的病，倒也没什么惊奇骇异的地方，可是我痰里的血丝，脸上的苍白，和身体的瘦削，却把我那已经守了好几年寡的老母急坏了，因为我那短命的父亲，也是患这同样的病而死去的。于是她就四处的去求神拜佛，采药求医，急得连粗茶淡饭都无心食用，头上的白发，也似乎一天一天的加多起来了。我哩！恋爱已经失败了，学业也已辍了，对于此生，原已没有多大的野心，所以就落得去由她摆布，积极地虽尽不得孝，便消极地尽了我的顺。初回家的一年中间，我简直门外也不出一步，各色各样的奇形的草药，和各色各样的异味的单方，差不多都尝了一个遍。但是怪得很，连我自己都满以为没有希望的这致命的病症，一到了回国后所经过的第二个春天，竟似乎有神助似的忽然减轻了，夜热也不再发，盗汗也居然止住，痰里的血丝早就没有了。我的娘的喜欢,当然是不必说,就是在家里替我煮药缝衣,代我操作一切的我那位妹妹,也同春天的天气一样,时时展开了她的愁眉,露出了她那副特有的真真是讨人欢喜的笑容。到了初夏,我药也已经不服,有兴致的时候,居然也能够和她们一道上山前山后去采采茶,摘摘菜,帮她们去服一点小小的劳役了。是在这一年的——回家后第三年的——秋天,在我们家里,同时候发生了两件似喜而又可悲,说悲却也可喜的悲喜剧。第一,就是我那妹妹的出嫁,第二,就是我定在城里的那家婚约的解除。妹妹那年十九岁了,男家是只隔一支山岭的一家乡下的富家。他们来说亲的时候,原是因为我们祖上是世代读书的,总算是和诗礼人家攀婚的意思。定亲已经定过了四五年了,起初我娘却嫌妹妹年纪太小,不肯马上准他们来迎娶,后来就因为我的病,一搁就又搁起了两三年。到了这一回,我的病总算已经恢复,而妹妹却早到了该结婚的年龄了。男家来一说,我娘也就应允了他们,也算完了她自己的一件心事。至于我的这家亲事呢,却是我父亲在死的前一年为我定下的,女家是城里的一家相当有名的旧家。那时候我的年纪虽还很小,而我们家里的不动产却着实还有一点可观。并且我又是一个长子,将来家里要培植我读书处世是无疑的,所以那一家旧家居然也应允了我的婚事。以现在的眼光看来,这门亲事,当然是我们去竭力高攀的,因为杭州人家的习俗,是吃粥的人家的女儿,非要去嫁吃饭的人家不可的。还有乡下姑娘,嫁往城里,倒是常事,城里的千金小姐,却不大会下嫁到乡下来的,所以当时的这个婚约,起初在根本上就有点儿不对。后来经我父亲的一死,我们家里,丧葬费用,就用去了不少。嗣后年复一年,母子三人,只吃着家里的死饭。亲族戚属,少不得又要对我们孤儿寡妇,时时加以一点剥削。母亲又忠厚无用,在出卖田地山场的时候,也不晓得市价的高低,大抵是任凭族人在从中勾搭。就因这种种关系的结果,到我考取了官费,上日本去留学的那一年,我们这一家世代读书的翁家山上的旧家,已经只剩得一点仅能维持衣食的住屋山场和几块荒田了。当我初次出国的时候,承蒙他们不弃,我那未来的亲家,还送了我些赆仪路费。后来于寒假暑假回国的期间,也曾央原媒来催过完姻。可是接着就是我那致命的病症的发生,与我的学校的中辍，于是两三年中，他们和我们的中间，便自然而然的断绝了交往。到了这一年的晚秋，当我那妹妹嫁后不久的时候，女家忽而又夹了原媒来对母亲说："你们的大少爷，有病在身，婚娶的事情，当然是不大相宜的，而他家的小姐，也已经下了绝大的决心，立志终身不嫁了，所以这一个婚约还是解除了的好。"说着就打开包裹，将我们传红时候交去的金玉如意，红绿帖子等，拿了出来，退还了母亲。我那忠厚老实的娘，人虽则无用，但面子却是死要的，一听了媒人的这一番说话，目瞪口僵，立时就滚下了几颗眼泪来。幸亏我在旁边，做好做歹的对娘劝慰了好久，她才含着眼泪，将女家的回礼及八字全帖等检出，交还了原媒。媒人去后，她又上山后我父亲的坟边去大哭了一场。直到傍晚，我和同族邻人等一道去拉她回来，她在路上，还流着满脸的眼泪鼻涕，在很伤心地呜咽。这一出赖婚的怪剧，在我只有高兴，本来是并没有什么大不了的，可是由头脑很旧的她看来，却似乎是翁家世代的颜面家声都被他们剥尽了。自此以后，一直下来，将近十年，我和她母子二人，就日日的寡言少笑，相对茕茕，直到前年的冬天，我那妹夫死去，寡妹回来为止，两人所过的，都是些在炼狱里似的沉闷的日子。

说起我那寡妹，她真也是前世不修。人虽则很长大，身体虽则很强壮，但她的天性，却永远是一个天真活泼的小孩子。嫁过去那一年，来回郎的时候，她还是笑嘻嘻地如同上城里去了一趟回来了的样子，但双满月之后，到年下边回来的时候，从来不晓得悲泣的她，竟对我母亲掉起眼泪来了。她们夫家的公公虽则还好，但婆婆的繁言吝啬，小姑的刻薄尖酸和男人的放荡凶暴，使她一天到晚过不到一刻安闲自在的生活。工作操劳本系是她在家里的时候所惯习的，倒并不以为苦，所最难受的，却是多用一支火柴，也要受婆婆责备的那一种俭约到不可思议的生活状态。还有两位小姑，左一句尖话，右一句毒语，仿佛从前我娘的不准他们早来迎娶，致使她们的哥哥染上了游荡的恶习，在外面养起了女人这一件事情，完全是我妹妹的罪恶。结婚之后，新郎的恶习，仍旧改不过来，反而是在城里他那旧情人家里过的日子多，在新房里过的日子少。这一笔账，当然又要写在我妹妹的身上。婆婆说她不会侍奉男人，小姑们说她不会劝，不会骗。有时候公公看得难受，替她申辩一声，婆婆就尖着喉咙，要骂上公公的脸去："你这老东西！脸要不要，脸要不要，你这扒灰老！"因我那妹夫，过的是这一种不自然的生活，所以前年夏天，就染了急病死掉了，于是我那妹妹又多了一个克夫的罪名。妹妹年轻守寡，公公少不得总要对她客气一点，婆婆在这里就算抓住了扒灰的证据，三日一场吵，五日一场闹，还是小事，有几次在半夜里，两老夫妇还会大哭大骂的喧闹起来。我妹妹于有一回被骂被逼得特别厉害的争吵之后，就很坚决地搬回到了家里来住了。自从她回来之后，我娘非但得到了一个很大的帮手，就是我们家里的沉闷的空气，也缓和了许多。

　　这就是和你别后，十几年来，我在家里所过的生活的大概。平时非但不上城里去走走，当风雪盈途的冬季，我和我娘简直有好几个月不出门外的时候。我妹妹回来之后，生活又约略变过了。多年不做的焙茶事业，去年也竟出产了一二百斤。我的身体，经了十几年的静养，似乎也有一点把握了。从今年起，我并且在山上的晏公祠里参加入了一个训蒙的小学，居然也做了一位小学教师。但人生是动不得的，稍稍一动，就如滚石下山，变化便要连接不断的簇生出来。我因为在教教书，而家里头又勉强地干起了一点事业，今年夏季居然又有人来同我议婚了。新娘是近邻乡村里的一位老处女，今年二十七岁，家里虽称不得富有，可也是小康之家。这位新娘，因为从小就读了些书，曾在城里进过学堂，相貌也还过得去——好几年前，我曾经在一处市场上看见过她一眼的——故而高不凑，低不就，等闲便度过了她的锦样的青春。我在教书的学校里的那位名誉校长——也是我们的同族——本来和她是旧亲，所以这位校长，就在中间做了个传红线的冰人。我独居已经惯了，并且身体也不见得分外强健，若一结婚，难保得旧病的不会复发，故而对这门亲事当初是断然拒绝了的。可是我那年老的母亲，却仍是雄心未死，还在想我结一头亲，生下几个玉树芝兰来，好重振重振我们的这已经坠落了很久的家声，于是这亲事就又同当年生病的时候服草药一样，勉强地被压上我的身上来了。我哩，本来也已经入了中年了，百事原都看得很穿，又加以这十几年的疏散和无为，觉得在这世上任你什么也没甚大不了的事情，落得随随便便的过去，横竖是来日也无多了，只教我母亲喜欢的话，那就是我稍稍牺牲一点意见也使得。于是这婚议，就在很短的时间里，成熟得妥妥帖帖，现在连迎娶的日期也已经拣好了，是旧历九月十二。

是因为这一次的结婚，我才进城里去买东西，才发见了多年不见的你这老友的存在，所以结婚之日，我想请你来我这里吃喜酒，大家来谈谈过去的事情。你的生活，从你的日记和著作中看来，本来也是同云游的僧道一样的。让出一点工夫来，上这一区僻静的乡间来住几日，或者也是你所喜欢的事情。你来，你一定来，我们又可以回顾回顾一去而不复返的少年时代。

我娘的房间里，有起响动来了，大约天总就快亮了罢。这一封信，整整地费了我一夜的时间和心血。通宵不睡，是我回国以后十几年来不曾有过的经验，你单只看取了我的这一点热忱，我想你也不好意思不来。

啊，鸡在叫了，我不想再写下去了，还是让我们见面之后再来谈罢！

一九三二年九月　翁则生上

迟桂花

刚在北平住了个把月，重回到上海的翌日，和我进出的一家书铺里，就送了这一封挂号加邮托转交的厚信来。我接到了这信，捏在手里，起初还以为是一位我认识的作家，寄了稿子来托我代售的。但翻转信背一看，却是杭州翁家山的翁某某所发，我立时就想起了那位好学不倦，面容妩媚，多年不相闻问的旧同学老翁。他的名字叫翁矩，则生是他的小名。人生得短小娟秀，皮色也很白净，因而看起来总觉得比他的实际年龄要小五六岁。在我们的一班里，算他的年纪最小，操体操的时候，总是他立在最后的，但实际上他也只不过比我小了两岁。那一年寒假之后，和他同去房州避寒，他的左肺尖，已经被结核菌损蚀得很厉害了。住不上几天，一位也住在那近边养肺病的日本少女，很热烈地和他要好了起来，结果是那位肺病少女的因兴奋而病剧，他也就同失了舵的野船似的迂回到了中国。以后一直十多年，我虽则在大学里毕了业，但关于他的消息，却一向还不曾听见有人说起过。拆开了这封长信，上书室去坐下，从头至尾细细读完之后，我呆视着远处，茫茫然如失了神的样子，脑子里也触起了许多感慨与回思。我远远的看出了他的那种柔和的笑容，听见了他的沉静而又清澈的声气。直到天将暗下去的时候，我一动也不动，还坐在那里呆想，而楼下的家人却来催吃晚饭了。在吃晚饭的中间，我就和家里的人谈起了这位老同学，将那封长信的内容约略说了一遍。家里的人，就劝我落得上杭州去旅行一趟，像这样的秋高气爽的时节，白白地消磨在煤烟灰土很深的上海，实在有点可惜，有此机会，落得去吃吃他的喜酒。

　　第二天仍旧是一天晴和爽朗的好天气，午后二点钟的时候，我已经到了杭州城站，在雇车上翁家山去了。但这一天，似乎是上海各洋行与机关的放假的日子，从上海来杭州旅行的人，特别的多。城站前面停在那里候客的黄包车，都被火车上下来的旅客雇走了，不得已，我就只好上一家附近的酒店去吃午饭。在吃酒的当中，问了问堂倌以去翁家山的路径，他便很详细地指示我说：

　　"你只教坐黄包车到旗下的陈列所，搭公共汽车到四眼井下来走上去好了。你又没有行李，天气又这么的好，坐黄包车直去是不上算的。"

　　得到了这一个指教，我就从容起来了，慢慢的喝完了半斤酒，吃了两大碗饭，从酒店出来，便坐车到了旗下。恰好是三点前后的光景，湖六段的汽车刚载满了客人，要开出去。我到了四眼井下车，从山下稻田中间的一条石板路走进满觉陇去的时候，太阳已经平西到了三五十度斜角度的样子，是牛羊下来，行人归舍的时刻了。在满觉陇的狭路中间,果然遇见了许多中学校的远足归来的男女学生的队伍。上水乐洞口去坐下喝了一碗清茶,又拉住了一位农夫,问了声翁则生的名字,他就晓得得很详细似的告诉我说:

"是山上第二排的朝南的一家,他们那间楼房顶高,你一上去就可以看得见的。则生要讨新娘子了,这几天他们正在忙着收拾。这时候则生怕还在晏公祠的学堂里哩。"

谢过了他的好意,付过了茶钱,我就顺着上烟霞洞去的石级,一步一步的走上了山去。渐走渐高,人声人影是没有了,在将暮的晴天之下,我只看见了许多树影。在半山亭里立住歇了一歇,回头向东南一望,看得见的,只是些青葱的山和如云的树,在这些绿树丛中又是些这儿几点,那儿一簇的屋瓦与白墙。

"啊啊,怪不得他的病会得好起来了,原来翁家山是在这样的一个好地方。"

烟霞洞我儿时也曾来过的,但当这样晴爽的秋天,于这一个西下夕阳东上月的时刻,独立在山中的空亭里,来仔细赏玩景色的机会,却还不曾有过。我看见了东天的已经满过半弓的月亮,心里正在羡慕翁则生他们老家的处地的幽深,而从背后又吹来了一阵微风,里面竟含满着一种说不出的撩人的桂花香气。

迟桂花

"啊……"

我又惊异了起来:

"原来这儿到这时候还有桂花?我在以桂花著名的满觉陇里,倒不曾看到,反而在这一块冷僻的山里面来闻吸浓香,这可真也是奇事了。"

这样的一个人独自在心中惊异着,闻吸着,赏玩着,我不知在那空亭里立了多少时候,突然从脚下树丛深处,却幽幽的有晚钟声传过来了,东嗡,东嗡地这钟声实在真来得缓慢而凄清。我听得耐不住了,拔起脚跟,一口气就走上了山顶,走到了那个山下农夫曾经教过我的烟霞洞西面翁则生家的近旁。约莫离他家还有半箭路远的时候,我一面喘着气,一面就放大了喉咙向门里面叫了起来:

"喂,老翁!老翁!则生!翁则生!"

听见了我的呼声,从两扇关在那里的腰门里开出来答应的却不是被我所唤的翁则生自己,而是我从来也没有见过面的,比翁则生略高三五分的样子,身体强健,两颊微红,看起来约莫有二十四五的一位女性。

她开出了门,一眼看见了我,就立住脚惊疑似的略呆了一呆。同时我看见她脸上却涨起了一层红晕,一双大眼睛眨了几眨,深深地吞了一口气。她似乎已经镇静下去了，便很腼腆地对我一笑。在这一脸柔和的笑容里，我立时就看到了翁则生的面相与神气，当然她是则生的妹妹无疑了，走上了一步，我就也笑着问她说：

"则生不在家么？你是他的妹妹不是？"

听了我这一句问话，她脸上又红了一红，柔和地笑着，半俯了头，她方才轻轻地回答我说：

"是的，大哥还没有回家，你大约是上海来的客人罢？吃中饭的时候，大哥还在说哩！"

这沉静清澈的声气，也和翁则生的一色而没有两样。

"是的，我是从上海来的。"

我接着说：

"我因为想使则生惊骇一下，所以电报也不打一个来通知，接到他的信后，马上就动身来了。不过你们大哥的好日也太逼近了，实在可也没有写一封信来通知的时间余裕。"

"你请进来罢，坐坐吃碗茶，我马上去叫了他来，怕他听到了你来，真要惊喜得像疯了一样哩。"

走上台阶，我还没有进门，从客堂后面的侧门里，却走出了一位头发雪白，面貌清癯，大约有六十内外的老太太来。她的柔和的笑容，也是和她的女儿儿子的笑容一色一样的。似乎已经听

见了我们在门口所交换过的谈话了,她一开口就对我说:

"是郁先生么?为什么不写一封快信来通知?则生中上还在说,说你若要来,他打算进城上车站去接你去的。请坐,请坐,晏公祠只有十几步路,让我去叫他来罢,怕他真要高兴得像什么似的哩。"说完了,她就朝向了女儿,吩咐她上厨下去烧碗茶来。她自己却踏着很平稳的脚步,走出大门,下台阶去通知则生去了。

"你们老太太倒还轻健得很。"

"是的,她老人家倒还好。你请坐罢,我马上起了茶来。"

她上厨下去起茶的中间,我一个人,在客堂里倒得了一个细细观察周围的机会。则生他们的住屋,是一间三开间而有后轩后厢房的楼房。前面阶沿外走落台阶,是一块可以造厅造厢楼的大空地。走过这块数丈见方的空地,再下两级台阶,便是村道了。越村道而下,再低数尺,又是一排人家的房子。但这一排房子,因为都是平屋,所以挡不杀翁则生他们家里的眺望。立在翁则生家的空地里,前山后山的山景,是依旧历历可见的。屋前屋后,一段一段的山坡上,都长着些不大知名的杂树,三株两株夹在这些杂树中间,树叶短狭,叶与细枝之间,满撒着锯末似的黄点的,却是木犀花树。前一刻在半山空亭里闻到的香气,源头原来就系出在这一块地方的。太阳似乎已下了山,澄明的光里,已经看不见日轮的金箭,而山脚下的树梢头,也早有一带晚烟笼上了。山上的空气,真静得可怜,老远老远的山脚下的村里,小儿在呼唤的声音,也清晰地听得出来。我在空地里立了一会,背着手又踱回到了翁家的客厅,向四壁挂在那里的书画一看,却使我想起了翁则生信里所说的事实。琳琅满目,挂在那里的东西,果然是件件精致,不像是乡下人家的俗恶的客厅。尤其使我看得有趣的,是陈豪写的一堂《归去来辞》的屏条,墨色的鲜艳,字迹的秀腴,有点像董香光而更觉得柔媚。翁家的世代书香,只须上这客厅里来一看就可以知道了。我立在那里看字画还没有看得周全,忽而背后门外老远的就飞来了几声叫声:

"老郁!老郁!你来得真快!"

翁则生从小学校里跑回来了,平时总很沉静的他,这时候似乎也感到了一点兴奋。一走进客堂,他握住了我的两手,尽在喘气,有好几秒钟说不出话来。等落在后面的他娘走到的时候,三人才各放声大笑了起来。这时候他妹妹也已经将茶烧好,在一个朱漆盘里放着三碗搬出来摆上桌子来了。

"你看,则生这小孩,他一听见我说你到了,就同猴子似的跳回来了。"他娘笑着对我说。

"老翁!说你生病生病,我看你倒仍旧不见得衰老得怎么样,两人比较起来,怕还是我老得多哩?"

我笑说着,将脸朝向了他的妹妹,去征她的同意。她笑着不说话,只在守视着我们的欢喜笑乐的样子。则生把头一扭,向他娘指了一指,就接着对我说:

"因为我们的娘在这里,所以我不敢老下去吓。并且媳妇儿也还不曾娶到,一老就得做老光棍了,那还了得!"

经他这么一说,四个人重又大笑起来了,他娘的老眼里几乎笑出了眼泪。则生笑了一会,就重新想起了似的替他妹妹介绍说:

"这是我的妹妹,她的事情,你大约是晓得的罢?我在那信里是写得很详细的。"

"我们可不必你来介绍了,我上这儿来,头一个见到的就是她。"

"噢,你们倒是有缘啊!莲,你猜这位郁先生的年纪,比我大呢,还是比我小?"

他妹妹听了这一句话,面色又涨红了,正在嗫嚅困惑的中间,她娘却止住了笑,问我说:

"郁先生,大约是和则生上下年纪罢?"

"那里的话,我要比他大得多哩。"

"娘,你看还是我老呢,还是他老?"

则生又把这问题转向了他的母亲。他娘仔细看了我一眼,就对他笑骂般的说:

"自然是郁先生来得老成稳重,谁更像你那样的不脱小孩子脾气呢!"

说着,她就走近了桌边,举起茶碗来请我喝茶。我接过来喝了一口,在茶里又闻到了一种实在是令人欲醉的桂花香气。掀开了茶碗盖,我俯首向碗里一看,果然在绿莹莹的茶水里散点着有一粒一粒的金黄的花瓣。则生以为我在看茶叶,自己拿起了一碗喝了一口,他就对我说:

"这茶叶是我们自己制的,你说怎么样?"

"我并不在看茶叶,我只觉这触鼻的桂花香气,实在可爱得很。"

"桂花吗?这茶叶里的还是第一次开的早桂,现在在开的迟桂花,才有味哩!因为开得迟,所以日子也经得久。"

"是的是的,我一路上走来,在以桂花著名的满觉陇里,倒闻不着桂花的香气。看看两旁的树上,都只剩了一簇一簇的淡绿的桂花托子了,可是到了这里,却同做梦似的,所闻吸的尽是这种浓艳的气味。老翁,你大约是已经闻惯了,不觉得什么罢?我……我……"

说到了这里，我自家也忍不住笑了起来。则生尽管在追问我，"你怎么样？你怎么样？"到了最后，我也只好说了：

"我，我闻了，似乎要起性欲冲动的样子。"

则生听了，马上就大笑了起来，他的娘和妹妹虽则并没有明确地了解我们的说话的内容，但也晓得我们是在说笑话，母女俩便含着微笑，上厨下去预备晚饭去了。

我们两人在客厅上谈谈笑笑，竟忘记了点灯，一道银样的月光，从门里洒进来。则生看见了月亮，就站起来想去拿煤油灯，我却止住了他，说：

"在月光底下清谈，岂不是很好么？你还记不记得起，那一年在井之头公园里的一夜游行？"

所谓那一年者，就是翁则生患肺病的那一年秋天。他因为用功过度，变成了神经衰弱症。有一天，他课也不去上，竟独自一个在公寓里发了一天的疯。到了傍晚，他饭也不吃，从公寓里跑出去了。我接到了公寓主人的注意，下学回来，就远远的在守视着他，看他走出了公寓，就也追踪着他，远远地跟他一道到了井之头公园。从东京到井之头公园去的高架电车，本来是有前后的两乘，所以在电车上，我和他并不遇着。直到下车出车站之后，我假装无意中和他冲见了似的同他招呼了。他红着双颊，问我这时候上这野外来干什么,我说是来看月亮的,记得那一晚正是和这天一样地有月亮的晚上。两人笑了一笑,就一道的在井之头公园的树林里走到了夜半方才回来。后来听他的自白,他是在那一天晚上想到井之头公园去自杀的,但因为遇见了我,谈了半夜,胸中的烦闷,有一半消散了,所以就同我一道又转了回来。"无限胸中烦闷事,一宵清话又成空!"他自白的时候,还念出了这两句诗来,借作解嘲。以后他就因伤风而发生了肺炎,肺炎愈后,就一直的为结核菌所压倒了。

谈了许多怀旧话后,话头一转,我就提到了他的这一回的喜事。

"这一回的喜事么?我在那信里也曾和你说过。"

谈话的内容,一从空想追怀转向了现实,他的声气就低了下去,又回复了他旧日的沉静的态度。

"在我是无可无不可的,对这事情最起劲的,倒是我的那位年老的娘。这一回的一切准备麻烦,都是她老人家在替我忙的。这半个月中间,她差不多日日跑城里。现在是已经弄得完完全全,什么都预备好了,明朝一日,就要来搭灯彩,下午是女家送嫁妆来,后天就是正日。可是老郁,有一件事情,我觉得很难受,就是莲儿——这是我妹妹的小名——近来,似乎是很不高兴的样子,她话虽则不说,但因为她是很天真的缘故,所以在态度上表情上处处我都看得出来。你是初同她见面,所以并不觉得什么,平时她着实要活泼哩,简直活泼得同现代的那些时髦女郎一样,不过她的活泼是天性的纯真,而那些现代女郎,却是学来的时髦。……按说哩,这心绪的恶劣,也是应该的,她虽则是一个纯真的小孩子,但人非木石,究竟总有一点感情,看到了我们这里的婚事热闹,无论如何,总免不得要想起她自己的身世凄凉的。并且还有一个最重要的动机,仿佛是她在觉得自己今后的寄身无处。这儿虽是娘家,但她却是已经出过嫁的女儿了,哥哥讨了嫂嫂,她还有什么权利再寄食在娘家呢?所以我当这婚事在谈起的当初,就一次两次的对她说过了,不管她怎样,她总是我的妹妹,除非她要再嫁,则没有话说,要是不然的话,那她是一辈子有和我同居,和我对分财产的权利的,请她千万不要自己感到难过。这一层意思,她原也明白,我的性情,她是晓得的,可是不晓得怎么,她近来似乎总有点不大安闲的样子。你来得正好,顺便也可以劝劝她。并且明天发嫁妆结灯彩之类的事情,怕她看了又要想到自己的身世,我想明朝一早就叫她陪你出去玩去,省得她在家里一个人在暗中受苦。"

"那好极了，我明天就陪她出去玩一天回来。"

"那可不对，假使是你陪她出去玩的话，那是形迹更露，愈加要使她难堪了。非要装作是你要她去作陪不行。仿佛是你想出去玩，但我却没有工夫陪你，所以只好勉强请她和你一道出去。要这样，她才安逸。"

"好，好，就这么办，明天我要她陪我去逛五云山去。"

正谈到了这里，他的那位老母从客室后面的那扇侧门里走出来了，看到了我们坐在微明灰暗的客室里谈天，她又笑了起来说：

"十几年不见的一段总账，你们难道想在这几刻工夫里算它清来么？有什么话谈得那么起劲，连灯都忘了点一点？则生，你这孩子真像是疯了，快立起来，把那盏保险灯点上。"

说着她又跑回到了厨下，去拿了一盒火柴出来。则生爬上桌子，在点那盏悬在客室正中的保险灯的时候，她就问我吃晚饭之先，要不要喝酒。则生一边在点灯，一边就从肩背上叫他娘说：

"娘，你以为他也是肺痨病鬼么？郁先生是以喝酒出名的。"

"那么你快下来去开坛去罢，今天挑来的那两坛酒，不晓得好不好，请郁先生尝尝看。"

他娘听了他的话后，就也昂起了头，一面在看他点灯，一面在催他下来去开酒去。

"幸而是酒,请郁先生先尝一尝新,倒还不要紧,要是新娘子,那可使不得。"

他笑说着从桌子上跳了下来,他娘眼睛望着了我,嘴唇却朝着了他啐了一声说:

"你看这孩子,说话老是这样不正经的!"

"因为他要做新郎官了,所以在高兴。"

我也笑着对他娘说了一声,旋转身就一个人踱出了门外,想看一看这翁家山的秋夜的月明,屋内且让他们母子俩去开酒去。

月光下的翁家山,又不相同了。从树枝里筛下来的千条万条的银线,像是电影里的白天的外景。不知躲在什么地方的许多秋虫的鸣唱,骤听之下,满以为在下急雨。白天的热度,日落之后,忽然收敛了,于是草木很多的这深山顶上,就也起了一层白茫茫的透明雾障。山上电灯线似乎还没有接上,远近一家一家看得见的几点煤油灯光,仿佛是大海湾里的渔灯野火。一种空山秋夜的沉默的感觉,处处在高压着人,使人肃然会起一种畏敬之思。我独立在庭前的月光亮里看不上几分钟,心里就有点寒辣辣的怕了起来,回身再走回客室,酒菜杯筷,都已热气蒸腾的摆好在那里候客了。

四个人当吃晚饭的中间,则生又说了许多笑话。因为在前回听取了一番他所告诉我的衷情之后,我于举酒杯的瞬间,偷眼向他妹妹望望,觉得在她的柔和的笑脸上,的确似乎是有一种说不出的悲寂的表情流露在那里的样子。这一餐晚饭,吃尽了许多时间,我因为白天走路走得不少,而谈话之后又感到了一点兴奋,肚子有点饿了,所以酒和菜,竟吃得比平时要多一倍。到了最后将快吃完的当儿,我就向则生提出说:

"老翁,五云山我倒还没有去玩过,明天你可不可以陪我一道去玩一趟?"

则生仍复以他的那种滑稽的口吻回答我说:

"到了结婚的前一日,新郎官哪里走得开呢,还是改天再去罢。等新娘子来了之后,让新郎新娘抬了你去烧香,也还不迟。"

我却仍复主张着说,明天非去不行。则生就说:

"那么替你去叫一顶轿子来,你坐了轿子去,横竖是明天轿夫会来的。"

"不行不行,游山玩水,我是喜欢走的。"

"你认得路么?"

"你们这一种乡下的僻路,我哪里会认得呢?"

"那就怎么办呢?……"

则生抓着头皮,脸上露出了一脸为难的神气。停了一二分钟,他就举目向他的妹妹说：

"莲！你怎么样！你是一位女豪杰，走路又能走，地理又熟悉，你替我陪了郁先生去怎么样？"

他妹妹也笑了起来，举起眼睛来向她娘看了一眼。接着她娘就说：

"好的，莲，还是你陪了郁先生去罢，明天你大哥是走不开的。"

我一看她脸上的表情，似乎已经有了答应的意思了，所以又追问了她一声说：

"五云山可着实不近哩，你走得动的么？回头走到半路，要我来背，那可办不到。"

她听了这话，就真同从心坎里笑出来的一样笑着说：

"别说是五云山，就是老东岳，我们也一天要往返两次哩。"

从她的红红的双颊，挺突的胸脯，和肥圆的肩臂看来，这句话也决不是她夸的大口。吃完晚饭，又谈了一阵闲天，我们因为明天各有忙碌的操作在前，所以一早就分头到房里去睡了。

山中的清晓，又是一种特别的情景。我因为昨天夜里多喝了一点酒，上床去一睡，就同大石头掉下海里似的，一直就酣睡到了天明。窗外面吱吱唧唧的鸟声喧噪得厉害，我满以为还是夜半，月明将野鸟惊醒了，但睁开眼掀开帐子来一望，窗内窗外已饱浸着晴天爽朗的清晨光线，窗子上面的一角，却已经有一缕朝阳的红箭射到了。急忙滚出了被窝，穿起衣服，跑下楼去一看，他们母子三人，也已梳洗得妥妥服服，说是已经在做了个把钟头的事情之后。平常他们总是于五点钟前后起床的。这一种日出而作，日入而息的山中住民的生活秩序，又使我对他们感到了无穷的敬意。四人一道吃过了早餐，我和则生的妹妹，就整了一整行装，预备出发。临行之际，他娘又叫我等一下子，她很迅速地跑上楼上去取了一支黑漆手杖下来，说，这是则生生病的时候用过的，走山路的时候，用它来撑扶撑扶，气力要省得多。我谢过了她的好意，就让则生的妹妹上前带路，走出了他们的大门。

早晨的空气，实在澄鲜得可爱。太阳已经升高了，但它的领域，还只限于屋檐，树梢，山顶等突出的地方。山路两旁的细草上，露水还没有干，而一味清凉触鼻的绿色草气，和人在桂花香味之中，闻了好像是宿梦也能摇醒的样子。起初还在翁家山村内走着，则生的妹妹，对村中的同性，三步一招呼，五步一立谈的应接得忙不暇给。走尽了这村子的最后一家，沿了入谷的一条石板路走上下山面的时候，遇见的人也没有了，前面的眺望，也转换了一个样子。朝我们去的方向看去，原又是冈峦的起伏和别墅的纵横，但稍一住脚，掉头向东面一望，一片同呵了一口气的镜子似的湖光，却躺在眼下了。远远从两山之间的谷顶望去,并且还看得出一角城里的人家,隐约藏躲在尚未消尽的湖雾当中。

　　我们的路先朝西北,后又向西南,先下了山坡,后又上了山背,因为今天有一天的时间,可以供我们消磨,所以一离了村境,我就走得特别的慢。每这里看看,那里看看的看个不住。若看见了一件稍可注意的东西,那不管它是风景里的一点一堆,一山一水,或植物界的一草一木与动物界的一鸟一虫,我总要拉住了她,寻根究底的问得它仔仔细细。说也奇怪,小时候只在村里的小学校里念过四年书的她——这是她自己对我说的——对于我所问的东西,却没有一样不晓得的。关于湖上的山水古迹,庙宇楼台哩,那还不要去管它,大约是生长在西湖附近的人,个个都能够说出一个大概来的,所以她的知道得那么详细,倒还在情理之中,但我觉得最奇怪的,却是她的关于这西湖附近的区域之内的种种动植物的知识。无论是如何小的一只鸟,一个虫,一株草,一棵树,她非但各能把它们的名字叫出来,并且连几时孵化,几时他迁,几时鸣叫,几时脱壳,或几时开花,几时结实,花的颜色如何,果的味道如何等,都说得非常有趣而详尽,使我觉得仿佛是在读一部活的桦候脱的《赛儿鹏自然史》(G. White's *Natural History* and Antiquities of Selborne）①。而桦候脱的书，却决没有叙述得她那么朴质自然而富于刺激，因为听听她那种舒徐清澈的语气，看看她那一双天生成像饱使过耐吻胭脂棒般的红唇，更加上以她所特有的那一脸微笑，在知识分子之外还不得不添一种情的成分上去，于书的趣味之上更要兼一层人的风韵在里头。我们慢慢的谈着天，走着路，不上一个钟头的光景，我竟恍恍惚惚，像又回复了青春时代似的完全为她迷倒了。

她的身体，也真发育得太完全，穿的虽是一件乡下裁缝做的不大合式的大绸夹袍，但在我的前面一步一步的走去，非但她的肥突的后部，紧密的腰部，和斜圆的胫部的曲线，看得要簇生异想，就是她的两只圆而且软的肩膊，多看一歇，也要使我贪鄙起来。立在她的前面和她讲话哩，则那一双水汪汪的大眼，那一个隆正的尖鼻，那一张红白相间的椭圆嫩脸，和因走路走得气急，一呼一吸涨落得特别快的那个高突的胸脯，又要使我恼杀。还有她那一头不曾剪去的黑发哩，梳的虽然是一个自在的懒髻，但一映到了她那个圆而且白的额上，和短而且腴的颈际，看起来，又格外的动人。总之，我在昨天晚上，不曾在她身上发见的康健和自然

---

① 英国博物学家吉尔伯特·怀特（1720—1793）著的《塞尔伯恩博物志》。

的美点，今天因这一回的游山，完全被我观察到了。此外我又在她的谈话之中，证实了翁则生也和我曾经讲到过的她的生性的活泼与天真。譬如我问她今年几岁了？她说，二十八岁。我说这真看不出，我起初还以为你只有二十三四岁，她说，女人不生产是不大会老的。我又问她，对于则生这一回的结婚，你有点什么感触？她说，另外也没有什么，不过以后长住在娘家，似乎有点对不起大哥和大嫂。像这一类的纯粹真率的谈话，我另外还听取了许多许多，她的朴素的天性，真真如翁则生之所说，是一个永久的小孩子的天性。

爬上了龙井狮子峰下的一处平坦的山顶，我于听了一段她所讲的如何栽培茶叶，如何摘取焙烘，与那时候的山家生活的如何紧张而有趣的故事之后，便在路旁的一块大岩石上坐下了。遥对着在晴天下太阳光里躺着的杭州城市，和近水遥山，我的双眼只凝视着苍空的一角，有半响不曾说话。一边在我的脑里，却只在回想着德国的一位名延生（Jensen）的作家所著的一部小说《野紫薇爱立喀》（*Die Braune Erika*）。这小说后来又有一位英国的作家哈特生（Hudson）摹仿了，写了一部《绿阴》（*Green Mansions*）。两部小说里所描写的，都是一个极可爱的生长在原野里的天真的女性，而女主人公的结果，后来都是不大好的。我沉默着痴想了好久,她却从我背后用了她那只肥软的右手很自然地搭上了我的肩膀。

"你一声也不响的在那里想什么?"

我就伸上手去把她的那只肥手捏住了,一边就扭转了头微笑着看入了她的那双大眼,因为她是坐在我的背后的。我捏住了她的手又默默对她注视了一分钟,但她的眼里脸上却丝毫也没有羞惧兴奋的痕迹出现,她的微笑,还依旧同平时一点儿也没有什么的笑容一样。看了我这一种奇怪的形状,她过了一歇,反又很自然的问我说:

"你究竟在那里想什么?"

倒是我被她问得难为情起来了,立时觉得两颊就潮热了起来。先放开了那只被我捏住在那儿的她的手,然后干咳了两声,最后我就鼓动了勇气,发了一声同被绞出来似的答语:

"我……我在这儿想你!"

"是在想我的将来如何的和他们同住么?"

她的这句反问,又是非常的率真而自然,满以为我是在为她设想的样子。我只好沉默着把头点了几点,而眼睛里却酸溜溜的觉得有点热起来了。

"啊,我自己倒并没有想得什么伤心,为什么,你,你却反而为我流起眼泪来了呢?"

她像吃了一惊似的立了起来问我,同时我也立起来了,且在将身体起立的行动当中,乘机拭去了我的眼泪。我的心地开朗了,欲情也净化了,重复向南慢慢走上岭去的时候,我就把刚才我所想的心事,尽情告诉了她。我将那两部小说的内容讲给了她听,我将我自己的邪心说了出来,我对于我刚才所触动的那一种自己的心情,更下了一个严正的批判,末后,便这样的对她说:

"对于一个洁白得同白纸似的天真小孩,而加以玷污,是不可赦免的罪恶。我刚才的一念邪心,几乎要使我犯下这个大罪了。幸亏是你的那颗纯洁的心,那颗同高山上的深雪似的心,却救我出了这一个险。不过我虽则犯罪的形迹没有,但我的心,却是已经犯过罪的。所以你要罚我的话,就是处我以死刑,我也毫无悔恨。你若以为我是那样卑鄙,而将来永没有改善的希望的话,那今天晚上回去之后,向你大哥母亲,将我的这一种行为宣布了也可以。不过你若以为这是我的一时糊涂,将来是永也不会再犯的话,那请你相信我的誓言,以后请你当我作你大哥一样那么的看待,你若有急有难,有不了的事情,我总情愿以死来代替着你。"

当我在对她作这些忏悔的时候,两人起初是慢慢在走的,后来又在路旁坐下了。说到了最后的一节,倒是她反同小孩子似的发着抖,捏住了我的两手,倒入了我的怀里,呜呜咽咽的哭了起来。我等她哭了一阵之后,就拿出了一块手帕来替她揩干了眼泪,将我的嘴唇轻轻地搁到了她的头上。两人偎抱着沉默了好久,我又把头俯了下去,问她,我所说的这段话的意思,究竟明白了没有。她眼看着了地上,把头点了几点。我又追问了她一声:

"那么你承认我以后做你的哥哥了不是?"

她又俯视着把头点了几点,我撒开了双手,又伸出去把她的头捧了起来,使她的脸正对着了我。对我凝视了一会,她的那双泪珠还没有收尽的水汪汪的眼睛,却笑起来了。我乘势把她一拉,就同她搀着手并立了起来。

"好,我们是已经决定了,我们将永久地结作最亲爱最纯洁的兄妹。时候已经不早了,让我们快一点走,赶上五云山去吃午饭去。"

我这样说着,搀着她向前一走,她也恢复了早晨刚出发的时候的元气,和我并排着走向了前面。

两人沉默着向前走了几十步之后,我侧眼向她一看,同奇迹似的忽而在她的脸上看出了一层一点儿忧虑也没有的满含着未来的希望和信任的圣洁的光耀来。这一种光耀,却是我在这一刻以前的她的脸上从没有看见过的。我愈看愈觉得对她生起敬爱的心思来了,所以不知不觉,在走路的当中竟接连着看了她好几眼。本来只是笑嘻嘻地在注视着前面太阳光里的五云山的白墙头的她,因为我的脚步的迟乱,似乎也感觉到了我的注意力的分散了,将头一侧,她的双眼,却和我的视线接成了两条轨道。她又笑起来了,同时也放慢了脚步。再向我看了一眼,她才腼腆地开始问我说:

"那我以后叫你什么呢?"

"你叫则生叫什么,就叫我也叫什么好了。"

"那么——大哥!"

大哥的两字,是很急速的紧连着叫出来的,听到了我的一声高声的"啊!"的应声之后,她就涨红了脸,撒开了手,大笑着跑上前面去了。一面跑,一面她又回转头来,"大哥!""大哥!"的接连叫了我好几声。等我一面叫她别跑,一面我自己也跑着追上了她背后的时候,我们的去路已经变成了一条很窄的石岭,而五云山的山顶,看过去也似乎是很近了。仍复了平时的脚步,两人分着前后,在那条窄岭上缓步的当中,我才觉得真真是成了她的哥哥的样子,满含着了慈爱,很正经地吩咐她说:

"走得小心,这一条岭多么险啊!"

走到了五云山的财神殿里,太阳刚当正午,庙里的人已经在那里吃中饭了。我们因为在太阳底下的半天行路,口已经干渴得像旱天的树木一样,所以一进客堂去坐下,就教他们先起茶来,然后再开饭给我们吃。洗了一个手脸,喝了两三碗清茶,静坐了十几分钟,两人的疲劳兴奋,都已平复了过去,这时候饥饿却抬起头来了,于是就又催他们快点开饭。这一餐只我和她两人对食的五云山上的中餐,对于我正敌得过英国诗人所幻想着的亚力山大王的高宴。若讲到心境的满足,和谐,与食欲的高潮亢进,那恐怕亚力山大王还远不及当时的我。

吃过午饭,管庙的和尚又领我们上前后左右去走了一圈。这五云山,实在是高,立在庙中阁上,开窗向东北一望,湖上的群山,都像是青色的土堆了。本来西湖的山水的妙处,就在于它的比舞台上的布景又真实伟大一点,而比各处的名山大川又同盆景似的整齐渺小一点这地方。而五云山的气概,却又完全不同了。以其山之高与境的僻,一般脚力不健的游人是不会到的,就在这一点上,五云山已略备着名山的资格了,更何况前面远处,蜿蜒盘曲在青山绿野之间的,是一条历史上也着实有名的钱塘江水呢?所以若把西湖的山水,比作一只锁在铁笼子里的白熊来看,那这五云山峰与钱塘江水,便是一只深山的野鹿。笼里的白熊,是只能满足满足胆怯无力者的冒险雄心的;至于深山的野鹿,虽没有高原的狮虎那么雄壮,但一股自由奔放之情,却可以从它那里摄取得来。

迟桂花

　　我们在五云山的南面又看了一会钱塘江上的帆影与青山,就想动身上我们的归路了,可是举起头来一望,太阳还在中天,只西偏了没有几分。从此地回去,路上若没有耽搁,是不消两个钟头就能到翁家山上的;本来是打算出来把一天光阴消磨过去的我们,回去得这样的早,岂不是辜负了这大好的时间了么?所以走到了五云山西南角的一条狭路边上的时候,我就又立了下来,拉着了她的手亲亲热热地问了她一声:

　　"莲,你还走得动走不动?"

　　"起码三十里路总还可以走的。"

　　她说这句话的神气,是富有着自信和决断,一点也不带些夸张卖弄的风情,真真是自然到了极点,所以使我看了不得不伸上手去,向她的下巴底下拨了一拨。她怕痒;缩着头颈笑起来了,我也笑开了大口,对她说:

　　"让我们索性上云栖去罢!这一条是去云栖的便道,大约走下去,总也没有多少路的,你若是走不动的话,我可以背你。"

　　两人笑着说着,似乎只转瞬之间,已经把那条狭窄的下山便道走尽了大半了。山下面尽是些绿玻璃似的翠竹,西斜的太阳晒到了这条坞里,一种又清新又寂静的淡绿色的光同清水一样,满浸在这附近的空气里在流动。我们到了云栖寺里坐下,刚喝完了一碗茶，忽而前面的大殿上，有嘈杂的人声起来了，接着就走进了两位穿着分外宽大的黑布和尚衣的老僧来。知客僧便指着他们夸耀似的对我们说：

"这两位高僧，是我们方丈的师兄，年纪都快八十岁了，是从城里某公馆里回来的。"

城里的某巨公，的确是一位佞佛的先锋，他的名字，我本系也听见过的，但我以为同和尚来谈这些俗天，也不大相称，所以就把话头扯了开去，问和尚大殿上的嘈杂的人声，是为什么而起的。知客僧轻鄙似的笑了一笑说：

"还不是城里的轿夫在敲酒钱？轿钱是公馆里付了来的，这些穷人心实在太凶。"

这一个伶俐世俗的知客僧的说话，我实在听得有点厌起来了，所以就要求他说：

"你领我们上寺前寺后去走走罢？"

我们看过了"御碑"及许多石刻之后，穿出大殿，那几个轿夫还在咕噜着没有起身。我一半也觉得走路走得太多了，一半也想给那个知客僧以一点颜色看看，所以就走了上去对轿夫说：

"我给你们两块钱一个人，你们抬我们两人回翁家山去好不好？"

轿夫们喜欢极了，同打过吗啡针后的鸦片嗜好者一样，立时将态度一变，变得有说有笑了。

知客僧又陪我们到了寺外的修竹丛中，我看了竹上的或刻或写在那里的名字诗句之类，心里倒有点奇怪起来，就问他这是什么意思。于是他也同轿夫他们一样，笑迷迷地对我说了一大串话。我听了他的解释，倒也觉得非常有趣，所以也就拿出了五圆纸币，递给了他，说：

"我们也来买两枝竹放放生罢！"

说着我就向立在我旁边的她看了一眼，她却正同小孩子得到了新玩意儿还不敢去抚摸的一样，微笑着靠近了我的身边轻轻地问我：

"两枝竹上，写什么名字好？"

"当然是一枝上写你的，一枝上写我的。"

她笑着摇摇头说：

"不好，不好，写名字也不好，两个人分开了写也不好。"

"那么写什么呢？"

"只教把今天的事情写上去就对。"

我静立着想了一会，恰好那知客僧向寺里去拿的油墨和笔也已经拿到了。我拣取了两株并排着的大竹，提起笔来，就各写上了"郁翁兄妹放生之竹"的八个字。将年月日写完之后，我搁下了笔，回头来问她这八个字怎么样，她真像是心花怒放似的笑着，不说话而尽在点头。在绿竹之下的这一种她的无邪的憨态，又使我深深地，深深地受到了一个感动。

坐上轿子，向西向南的在竹荫之下走了六七里坂道，出梵村，到闸口西首，从九溪口折入九溪十八涧的山坳，登杨梅岭，到南高峰下的翁家山的时候，太阳已经悬在北高峰与天竺山的两峰之间了。他们的屋里，早已挂上了满堂的灯彩，上面的一对红灯，也已经点尽了一半的样子。嫁妆似乎已经在新房里摆好，客厅上看热闹的人，也早已散了。我们轿子一到，则生和他的娘，就笑着迎了出来，我付过轿钱，一踱进门槛，他娘就问我说：

"早晨拿出去的那支手杖呢？"

我被她一问，方才想起，便只笑着摇摇头对她慢声的说：

"那一支手杖么——做了我的祭礼了。"

"做了你的祭礼？什么祭礼？"则生惊疑似的问我。

"我们在狮子峰下，拜过天地，我已经和你妹妹结成了兄妹了。那一支手杖，大约是忘记在那块大岩石的旁边的。"

正在这个时候，先下轿而上楼去换了衣服下来的他的妹妹，也嬉笑着，走到了我们的旁边。则生听了我的话后，就也笑着对

迟桂花

他的妹妹说：

"莲，你们真好！我们倒还没有拜堂，而你和老郁，却已经在狮子峰拜过天地了，并且还把我的一支手杖忘掉，作了你们的祭礼。娘！你说这事情应怎么罚罚他们？"

经他这一说，说得大家都笑了起来，我也情愿自己认罚，就认定后日馈房①，算作是我一个人的东道。

这一晚翁家请了媒人，及四五个近族的人来吃酒，我和新郎官，在下面奉陪。做媒人的那位中老乡绅，身体虽则并不十分肥胖，但相貌态度，却也是很富裕的样子。我和他两人干杯，竟干满了十八九杯。因酒有点微醉，而日里的路，也走得很多，所以这一晚睡得比前一晚还要沉熟。

九月十二的那一天结婚正日，大家整整忙了一天。婚礼虽系新旧合参的仪式，但因两家都不喜欢铺张，所以百事也还比较简单。午后五时，新娘轿到，行过礼后，那位好好先生的媒人硬要拖我出来，代表来宾，说几句话。我推辞不得，就先把我和则生在日本念书时候的交情说了一说，末了我就想起了则生同我说的迟桂花的好处，因而就抄了他的一段话来恭祝他们：

---

① 指古代在结婚前后宴请新婚夫妇的一种礼节。

"则生前天对我说,桂花开得愈迟愈好,因为开得迟,所以经得日子久。现在两位的结婚,比较起平常的结婚年龄来,似乎是觉得大一点了,但结婚结得迟,日子也一定经得久。明年迟桂花开的时候,我一定还要上翁家山来。我预先在这儿计算,大约明年来的时候,在这两株迟桂花的中间,总已经有一株早桂花发出来了。我们大家且等着,等到明年这个时候,再一同来吃他们的早桂的喜酒。"

说完之后,大家就坐拢来吃喜酒。猜猜拳,闹闹房,一直闹到了半夜,各人方才散去。当这一日的中间,我时时刻刻在注意着偷看则生的妹妹的脸色,可是则生所说而我也曾看到过的那一种悲寂的表情,在这一日当中却终日没有在她的脸上流露过一丝痕迹。这一日,她笑的时候,真是乐得难耐似的完全是很自然的样子。因了她的这一种心情的反射的结果,我当然可以不必说,就是则生和他的母亲,在这一日里,也似乎是愉快到了极点。

因为两家都喜欢简单成事的缘故,所以三朝回郎等繁缛的礼节,都在十三那一天白天行完了,晚上馈房,总算是我的东道。则生虽则很希望我在他家里多住几日,可以和他及他的妹妹谈谈笑笑,但我一则因为还有一篇稿子没有做成,想另外上一个更僻静点的地方去做文章,二则我觉得我这一次吃喜酒的目的也已经

迟桂花

达到了,所以在馈房的翌日,就离开翁家山去乘早上的特别快车赶回上海。

　　送我到车站的,是翁则生和他的妹妹两个人。等开车的信号钟将打,而火车的机关头上在吐白烟的时候,我又从车窗里伸出了两手,一只捏着了则生,一只捏着了他的妹妹,很重很重的捏了一回。汽笛鸣后,火车微动了,他们兄妹俩又随车前走了许多步,我也俯出了头,叫他们说:

　　"则生!莲!再见,再见!但愿得我们都是迟桂花!"

　　火车开出了老远老远,月台上送客的人都回去了,我还看见他们兄妹俩直立在东面月台篷外的太阳光里,在向我挥手。

一九三二年十月在杭州写